再论木斧

李临雅
余启瑜
选编

四川文艺出版社

图书在版编目（CIP）数据

再论木斧 / 李临雅，余启瑜选编. — 成都：四川文艺出版社，2017.10（2022.1重印）
ISBN 978-7-5411-4718-0

Ⅰ. ①再… Ⅱ. ①李… ②余… Ⅲ. ①中国文学—当代文学—文学评论—文集 Ⅳ. ①I206.7-53

中国版本图书馆CIP数据核字（2017）第213469号

ZAILUNMUFU

再论木斧

李临雅　余启瑜　选编

责任编辑　徐　欢　宋　玥
封面设计　李　梅
内文设计　曾　月
责任校对　蓝　海

出版发行　四川文艺出版社（成都市槐树街 2 号）
网　　址　www.scwys.com
电　　话　028-86259287（发行部）　028-86259303（编辑部）
传　　真　028-86259306

邮购地址　成都市槐树街 2 号四川文艺出版社邮购部　610031
排　　版　四川最近文化传播有限公司
印　　刷　永清县晔盛亚胶印有限公司
成品尺寸　142mm × 210mm　1/32
印　　张　11.5　　字　　数　220 千
版　　次　2017 年 10 月第一版　　印　　次　2022 年 1 月第二次印刷
书　　号　ISBN 978-7-5411-4718-0
定　　价　58.00 元

木斧近影，吴献摄影

1989年11月16日，上海，木斧在巴金家中

1991年10月28日，木斧在梅志家中（上海周忠麟摄影）

20世纪90年代，木斧和高缨合影

2010年木斧与屠岸、晓雪在西宁共度端午节。左起：木斧、屠岸、晓雪

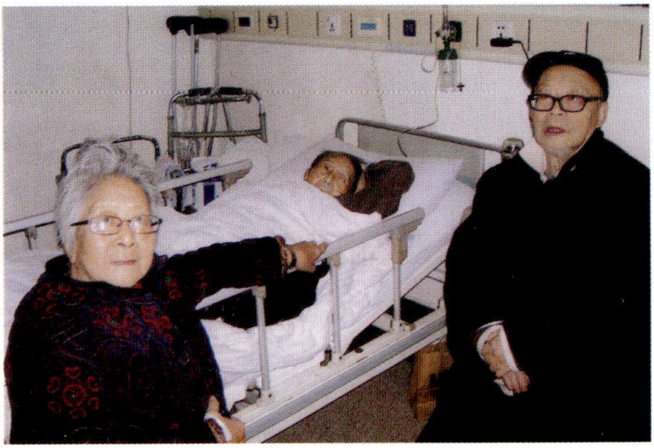

1984年11月，木斧前往医院看望长期住院的杜谷。右：木斧，左：杜谷夫人夏嘉

2011年，木斧、孙玉石在成都木斧寓所前

20世纪80年代在重庆。左起：梁上泉、木斧、叶延滨、朱先树

2010年9月在青海签名售书。木斧（中，回族）、吉狄马加（右，彝族）、阿尔泰（后，蒙古族）

学生报社成立七十周年，《学生报人永远年青》赠书纪念

2002年9月17日北京，京剧《太真外传》演出前，木斧拜会了梅兰芳生前的琴师姜凤山大师和“台湾梅兰芳”李泽浩先生

1991年10月1日，木斧和彭燕郊在长沙

20世纪80年代，木斧和傅天琳、王尔碑

20世纪90年代，左一、左二：木斧、吴开晋

20世纪80年代，在覃子豪纪念馆前。自左至右：木斧、杜谷、流沙河

2015年木斧85岁告别演出京剧《刺汤》，木斧饰汤勤，万庆芬饰雪艳

序一

为中国文化留下史料

/屠　岸

木斧同志是诗人，又是表演艺术家，他的诗隽永，浏丽，机智，铿锵，潇洒。他擅演京剧丑角，寓美于丑，寓幽默于人性。他的诗和表演融合为美的迸射。

文坛艺坛上的许多作家和诗人有书信给木斧，或与他谈论文艺，或与他探讨人生。李临雅、余启瑜女士为之编成一本书《再论木斧》，书中收入巴金、严文井、臧克家、绿原、谢冕、孙玉石、流沙河等五十五位作家和诗人给木斧的信函，共一百四十九封；又收入王尔碑、圣野、杜谷等二十五位作家和诗人撰写的评论木斧作品的书信体诗作；还收入吴开晋、刘士杰、欧阳文彬等撰写的有关木斧及其作品的评论文章；再加上木斧著述的选载，包括他的自述《木斧简传》，以及“木斧著述一览”等。

木斧十月二十九日给我的信中说：“杜谷今年六月十九日逝世，享年九十六岁，生前嘱咐我，一定要在九十岁以前出一本《木斧评传》或《木斧选集》，可是限于我的能力，只好请李临雅、余启瑜女士为我编选一本《再论木斧》，稿已齐定，还差一篇序。我想请你撰写，但年纪都大了，你比我更大，不能再给你增加负担，不知道该怎么办？现在把这本书的目录寄给你，请你定夺。……”

杜谷逝世，我向他家人慰问，表达我的哀悼。

木斧说我的年龄比他的更大，不错，我今年九十四岁。

鲁迅曾说过（凭我的记忆，未必准确），有些书画家喜欢在自己的作品中署名，年老的还要加上“时年……”比如“七十三”“八十四”等；还有年龄小的“少年老成”书画家，也要在署名时加上“时年……”比如“十二”“十四”等。这使我想起周信芳少年登台演京剧，广告上他的名字叫“七龄童”，那时他大概只有七岁吧，真是天才！后来他长大了，不能再称“七龄”，怎么办呢？他便使用汉字谐音，改为“麒麟童”。前者为“倚老卖老”，后者为“卖少”。这个“卖”字，不含贬义。

木斧说我年纪大了，不能给我增加负担，“怎么办”？

我想了一下，觉得还是有办法的。我虽然已经九十四岁，而且半盲（白内障），半聋（早年因患肺结核病，服用国产药链霉素，损伤了听力），但还没有患上老年痴呆症，因而还能写几个字。

我认为这本书收入的信函、文章等，是为将来有人撰写《木斧传》提供了史料。但，又不是仅仅为木斧个人，而也是为读者群众、为中国文化界留下了史料。这些史料，从一个侧面反映了时代，也从一个侧面留下了历史。

这篇序文，写得匆忙。不知木斧同志满意不满意？如果有意见，请坦率告诉我。我可以修改重写，直到你满意为止。

谢谢信任。

2016年11月1日

于北京寓所萱荫阁

序二

跨世纪诗人的丰收盛宴

/吴开晋

木斧先生是跨世纪的著名诗人，从20世纪40年代写诗，至今已七十余年。其实，他的处女作是上中学时写的短篇小说《洗衣妇》，老师给了百分，却因支持白话文写作而丢了工作。木斧先生进入老年后又写了长篇小说和大量的散文、评论，但从本质上、从写作时间的长短、从在海内外文坛的影响看，他却是地地道道的诗人。他有三大爱好：一是爱诗如命，以诗写心灵，以诗遭磨难，又以诗赢得荣誉；二是爱酒，记得20世纪80年代到济南开诗会，并看望老友孔孚，还背着二十来斤的一桶白干酒，平时自然餐餐不离酒，这也给了他灵感，后来又给他的身体带来了危机，八十岁大病住院后，毅然戒酒，从此滴酒不沾，既挽救了生命，也延续了诗的创作；三是爱京戏，他是票友，特别会演小丑，为此还写了不少戏诗。在三大爱好中，诗自然是他灵魂的依托和展现。诗坛有人评价他和已故的长诗《穆斯林彩虹》的作者、中国人民大学马德俊教授是回族诗坛的双璧，都为回族，也都为整个中华民族的诗学发展做出了突出的贡献。

这本评论集是对他创作做出肯定性评价的第二本，由李临雅、余启瑜两位女士主编。一是收入了一些著名诗人和评论家对木斧诗作的系统评论；二是收入了海内外诗人、诗友给木斧的诗体书信，或为其画像，或赞其创作，幽默而有情趣；三是一些著名作家和诗人给木斧的书信，其中，有的是对木斧创作的感悟，有的是对其创作的中肯评价，可说是当代诗坛，甚至是文坛最宝贵的文献资料，也是对木斧创作的检阅，正是他创作丰收的一次盛宴。

在第一类的评论文章中，收入了聂鑫森、吴开晋、杨汝絅、流沙河、孙玉石、子张、刘士杰等诗人、评论家较系统的对木斧诗作的评价；第二类是诗人、诗友的诗体书信，有梁谢成、王尔碑、杨山、丁芒、马瑞麟、圣野、梁上泉、石天河、高缨、阿红、高平、胡征、海青青、刘畅园、秦岳、王禄松等诗人写给木斧的诙谐有趣的诗体书信，颇有韵致。第三类文字尤为宝贵，收入了巴金、沙汀、严文井、徐迟、田间、臧克家、公木、王朝闻、吕剑、贾植芳、邹荻帆、牛汉、李瑛、邵燕祥、谢冕、孙玉石、沙白、孔孚、吕进、吴开晋、文晓村、马德俊、晓雪、晶晶、叶橹、雁翼、刘章等大家、名家给木斧的书信，不仅真诚回复木斧的去信和谈论对木斧创作的观感，而且还有许多对当代诗坛的真挚深刻的见解。其中不少老作家老诗人已仙去，资料文献价值就更为宝贵。木斧能保留下来，并付诸印制出版，实在是功不可没。

概括起来，这些文章、诗体书信和信件，有的是对木斧作品的系统论述，更多的是就木斧诗作的某一特点和一个侧面谈自己的感受，多是言简意赅的真知灼见。

总体说来，这些记述大都对木斧从20世纪40年代以来形成的艺术风格做了恰当的评价。如邹荻帆为1983年四川出版的诗集《醉心的微笑》作的序中说："你的诗是朴素的，这是你艺术的第一个特色。"1987年由海峡文艺社出版的《缀满鲜花的诗篇》，牛汉的序文谈得尤为精当独到，他认为木斧的人和诗都透着古怪，而诗，"则闪烁着他性格光芒的特征：风趣、机敏、古怪，诗的意象有爆发力。它们让我想到童年时烤木炭火，灰灰的炭似乎已烧败，但猛地会爆出几粒火星星，把人的手脸烧出几个燎泡。木斧的诗能爆出这种火星"。而对木斧诗的总体评价又是，"木斧的风格率真，质朴，干脆利落"，见解犀利而准确。2010年木斧在天马出版社出版了《点燃艾青的火把》，孙玉石在序文中也评价他："自始至终葆有一个特色，是真率、朴实、热情、凝练。"的确，从他的处女诗作《沉默》开始，就可看出他爆发出的战斗火星，他抗议黑暗的旧社会："不能忍受/不能让眼泪往肚子里流/不能再沉默！/皮鞭抽在身上/为什么不叫喊？/喉头没有哑/为什么不歌唱？/不是从沉默中消失/就是在沉默中燃烧。"其战斗性很强烈。而在1949年新中国成立前夕，写成的《五月的道路和我们的歌》，共八章三十二节，两百余行，则以饱满的激情赞颂了即将诞生的新中国，成为诗坛上的经典之作。此后他在创作中虽也曾着力挖掘人生哲理，追求一种诗的意境，但其内在的激情和诗的战斗火星仍在爆发。

木斧是一位全才，可说是诗、书、画皆通，尤酷爱京剧艺术。他曾客串登台演过老旦、须生，更多的是丑角。他看中了小丑以嬉笑怒骂的方式，揭示对权贵等大人物的不满和嘲讽。他的《百丑图》戏诗正是他出演的感悟和记录，可说是诗界独一无二的珍品。他以小丑的身份，揭示人生的酸甜苦辣，从中也抒发出自己的情怀。在评论集的诗体信和书信中，有不少篇章肯定了他在戏诗中独到的创作成就。如他的《小丑自述》：“咽下潸潸泪水/挤出阵阵嘻笑/泪是笑的燃料/孤独在寂寞中无处藏身/只有在热闹的身后/把孤独的形象一把掷出/便挣来了满场的欢笑。”写出了小丑内心的痛苦。对此，诗友们都给予了很高的评价。其总体风格，仍是那种率真、朴实和犀利。

集子中还收录了不少诗友们以诗的形式写给他的信。反之，他也回复了数百首诗体信，并出版了专集。这在诗坛上又是一个独特的景观。诗友间以诗为信的例子不少，但没有他的量大且如此集中编在一起。在这本评论集中，许多诗友以诗为信，赞赏了他的作品。后来他的大量回赠诗也得到了好评。可贵之处，不言而喻。

总之，这是一部很有分量的对一位跨世纪老诗人全方位的评论集，描绘出了木斧在诗坛耕耘跋涉的足迹，画出了一位有成就的老诗人高大的形象，令人敬佩。主编的辛勤劳动也让人难忘，贡献令人赞赏。祝愿老诗人木斧先生老当益壮，在耄耋之年写出更多更美好的诗篇，以飨广大读者，是为小序。

2016年11月19日

于山东大学

目录

写给木斧的书信体诗

木斧书简

木斧作品评说

木斧著述选载

木斧著作一览及评论篇目

写给木斧的书信体诗

为诗人木斧画像

/梁谢成

别人没有想到的
　　你想到了
别人没有看见的
　　你看见了
别人没有说出的
　　你说出了
别人没有做到的
　　你做到了

你是诗人　你比别人
聪明　不然的话
为什么　人们愿意
频频给你写诗
对你表示尊敬

你是诗人　你比别人
愚笨　不然的话
为什么　你竟会把

升官发财的机会
白白地放过

受了委屈　你不会
　　为自己辩解
有了错误　你不会
　　为自己开脱
你只会脸红　只会
哭泣　或者只会
自己关上房门
大发雷霆

你把自己的一切
　　都献给了缪斯
　　虔诚而彻底
那些伪诗人　以及
　　附庸风雅者
　　难望你的项背
更不配　在你面前
　　大摇大摆
　　装模作样

读木斧先生文章后，连缀而成此诗。谨向先生致意。

（原载《奔流》1989年第11期）

木斧剪影

/王尔碑

游进别人身世的波涛
你就是一条鱼了
小说的天空很蓝

（原载《西南工商报》1992年3月19日）

等候木斧

/杨　山

我在楼头等你

将两颗青色的橄榄

咀嚼

我展开一页画稿

等你

添一只船儿

随大江东去

划起桡

我提一个问题

要你思考

我不要你的踌躇

我将一本书

要你大汗淋漓

翻遍书页，与我

把那个秘密

寻找

1991年写于重庆

月光赋

/马瑞麟（回族）

李白洒给我一地月光

贝多芬洒给我一地月光

你洒给我一地月光

月光如山一样重

月光如海一样深

月光如爱一样永恒

李白让我的童年富有

贝多芬让我的生活优美

你在我诗的花园里面闲游

（原载《新声诗歌》2010年第8期）

两书痴

/丁　芒

西州东国两书痴
至性相交鬓已丝
文采风流君过我
笑从粉墨忆英姿

面对木斧兄戏装照吟一绝回拜

12月15日写于金陵苦丁斋

五十周年记盛

/白　航

不求官
不讨钱
自掏经费开个会
朋友论诗吐真言

木斧披荆斩棘闯诗关

怡然自得清风入怀间

（原载《四川通讯报》1995年11月11日）

素描木斧

/雁　翼

读你的诗你的画你的戏

寻找

奇才的传奇

原来是一柄

古桃木的板斧

内藏什么玄机

除妖净世

斩鬼夺魂

求神布雨

只为太阳东海升起

又必西山睡去的

一种美的次序

2004年12月3日观赏木斧京剧演出后留语

木斧老有所迷

/圣　野

你是诗迷

又是戏迷

一个容易入迷的人

用四驾马车来拖

不一定能拖动你

老有所迷

是人生最大的幸福

木斧之声

/野　谷

晚于石器时代
漫长的世纪
属于你

而叮叮之声
处处可闻

写于1999年春

嬉赠老友木斧

/杜　谷

木斧是棵多彩树
一枝一叶均堪数
十五岁起步

激情喷发

不觉走上“七月”路

讵料十年后“肃胡”

株连之苦无数数

痛定思痛重上路

探索诗路万千条

写出好诗无数

八十岁后又顿悟

宁愿成为七月派中一棵树

（原载《杜谷诗文集》四川人民出版社2016年3月版）

找寻木斧

/杨汝絅

我第一次造访，他在忙个不停，

找寻他高度近视的眼镜。

找好眼镜，他就去寻找

单纯的少年才有的发烫的心。

琴上的断弦已经接好，

失落了的天真已经找到。

还找到了真诚，找到了朴素，

找到了很少花香的自己的歌。

可他还在焦躁四顾，抚着额前皱纹，

莫非蚕要飞起，就得永远找寻？

1985年3月16日于成都北郊

诗人与京剧

/梁上泉

诗人迷上了京剧，

串演戏中的丑角，

丑角不丑且俊美，

美成诗人自己了。

别说不务正业，
正业就是爱好，
木斧善砍善雕，
乐趣在于创造。

另外的木斧

/邓芝兰

我听见，你的诗行中
响起了京戏锣鼓

木斧
你把自己的名字涂上白鼻梁
陪伴着苏三上路
讲戴枷的故事，盼望
月白风清的时候

唱腔一直在流泪
你用道白将它梳成河流

苏三的心，已临崇山峻岭

满目残阳衰柳

小小一个崇公道

怎能唤醒历史的悲剧

仿佛伤口上的落花

鲜艳得令人痛哭

木斧，你为什么

要去扮演年迈的差役

为什么永无休止地行走

要将苏三押解到二十一世纪

掌声响起，我看见另外一个木斧

难以降下人生的双重帷幕

题木斧《苏武牧羊》

/贾羽（回族）

当年苏武被迫牧羊

穷困中牧不出一首诗章
而今你手持苏武的节旄
挥舞诗人的旷达与豪爽
一边放牧观众的喝彩，一边
押着永不老钝的诗韵歌唱

我真的无法知道
你此时怎么看，怎么想
舞台上的一投足，一亮相
竟显现出诗人的人格力量

此刻，翻卷于你心中的情感
真的也和苏武的一个模样
只是放牧艺术也放牧华章
闪烁着中国京剧耀眼的光亮

1997年8月17日于银川

读木斧，想木斧

/刘　春

初读你时，你是木
平凡得看不到半点锋芒
细想你时，你是斧
重重地压着我的灵魂
划过我的心扉

让我手捧诗卷
悄悄地激动，感慨，沉思……

（原载《读书人报·七月诗版》1994年7月12日）

你的诗那么的年轻

——给回族诗人木斧

/金鸿为（满族）

你的名字很像一个女孩

一个开放着漂亮的女孩
你的诗很像一个男孩
一个伴着纯真的热烈
走进初恋的男孩
你的诗那么那么的年轻

真没想到
那英俊少年一样的诗篇
有许多是你在古稀之年
在一间潮湿阴暗的
地下室里写的
你的诗那么那么的年轻

1988年1月16日

诗　情

——致木斧

/朱文杰

假若天上有一朵云飘来

那就一定是你放飞的
随后的雨，就温热，就柔和
丝丝浸润着小草
诗情也就澎湃了

假若天上有一道虹出现
那就一定是你搭起的
脊梁弯得多美妙呀
该不是酝酿了一甲子的光彩
惹得欣慕者，眼睛湿了

你揭开诗的面纱
让我们去看那美得炫目的风景
走进去就愉快地迷失了
走进去就一生一世
不能自拔，不能回头了

1994年3月15日

直　锐

/石天河

直如木，遭砍削
锐如斧，易惹祸

说那没有说完的故事
唱那扑火的飞蛾

在梦里才变成一把金斧
劈出滔滔滚滚的黄河

（原载《读书人报·七月诗版》1993年11月8日）

寂　寞

——赠诗人木斧

/李恻隐

没有波涛的大海是寂寞的

没有太阳的草原是寂寞的

没有果实的秋天是寂寞的

没有鸟声的山岗是寂寞的

没有倾心的友谊是寂寞的

没有月光的爱情是寂寞的

没有插画的童话是寂寞的

没有高潮的戏剧是寂寞的

没有伴奏的舞蹈是寂寞的

没有风景的生命是寂寞的

嘘！寂寞不也是醇美的佳酿？

就珍藏在你静谧的书房！

2014年4月23日写于“世界读书日”

（原载台湾《世界论坛报 · 世界诗坛》2014年9月23日）

致木斧

/姚欣则（回族）

你把蹉跎岁月

凝聚成一个梦

镶嵌在风咆雨打的生命中

你把虔诚的灵魂
铸炼为燃烧的音符
撒播在巴蜀秦岭

血与泪的结晶
羽化成一支永恒的歌

（原载《回族文学》2001年第2期）

诗　赠

/贺元周

在你的《诗的求索》中
我看到你探索的足迹

二十年的磨难
使你变成带刺的玫瑰花
竞放在春天里

走我们的道路
你带着调皮、天真
又变成春蛾
播下你珍贵的种子

（原载《淮阴日报》1988年7月7日）

中秋月

——致诗人木斧

/高　缨

相距十二个公交车站
是你我各自居住的街巷
恰似一年十二个月
都有我们欢聚的时光
　　浓了酒兴
　　淡了茶香

今年中秋夜，多想邀你团聚

品尝圆圆的月饼
读你新芽的诗章
恨多病之身缠绵床头
　　辜负一瓶好酒
　　耽误一树桂蕊

回头看
　相距的十二个公交车站
站站都有个
圆圆的月亮

高缨附笔：

2013年中秋节前夕，木斧兄屈尊前来寒舍做客，谈起五十多年前初识的往事，令人感慨不已。斧兄言，而今我们的住处，相隔十二个公交车站，这“十二车站”，恰是一个“诗眼”。临别时，斧兄嘱我在小笔记本上题字，我即用十二个车站为诗句写此小诗，以纪念我们五十多年的友情。

2013年10月20日

（原载《书简》2014年总第23辑）

灵　斧

/阿　红

他那斧
不是木斧
任他抓起什么
峨眉长江，苍鹰紫燕
日月星云，花鸟鱼虫
这劈劈，那砸砸
就成了玲珑剔透的诗
一高兴他敢抓起自己
调弄调弄
就成了妙不可言的丑角

题木斧剧照

/白　莎

戏中有戏

丑角不丑
白笔一点
戏写春秋

台上台下

/刘燕及

台上你不是帝王将相
台下你不是显赫贵人
台上你讽世刺时插科打诨
台下你诗笔驰骋正气袭人
台上你得到人格的美
台下你呼唤人生的真
台上你相中不丑的丑角
台下你甘做无名的诗人

小丑不丑

/高　平

小丑做人真实
从不伪装自己
公开勾白鼻子

小丑说话老实
是二绝不说一
透明得像玻璃

小丑活得踏实
心里不藏猫腻
不用怕露了底

小丑豁达幽默
小愚常是大智
出场惹人欢喜

小丑舞台常见
讲台却无踪迹
个个正人君子

戏话木斧

/陈咏华

人生不是演戏
木斧最知真谛
演的都是假的
做的才是真的

想不到诗人可以
穿了戏装唱京戏
想不到戏曲可以
穿到诗人身上去

错了
这是诗人玩玩的
对了
木斧神功了不起

看《武家坡》

/胡　征

诗人木斧票京剧
秀服戎装鞭马来
粉面长髯龙飞舞
红缨蹄初彩云开

一声导板悬霄汉
万缕情丝吐艺才
逼我狂欢逼我笑
祈兄携我试登台

读《小丑自述》

/海青青（回族）

第一次从您的诗句里，
读到了寂寞和孤独。

寂寞是您身后的路很长，
孤独是您宽广的胸很大。

请别怨寂寞，
寂寞给了您一卷卷诗书；
请别恨孤独，
孤独拉开了您人生又一幕。

寂寞了，
您的诗迷才不会寂寞；
孤独了，
您的戏迷才不会孤独。

（原载香港《中国文学》2009年第2期）

题木斧剧照

/刘畅园

风情万种

快乐地飞翔

春花，秋月，夏荷
集锦一束
多彩的人生

诗念木斧

/秦岳（台湾）

彩妆之后
你以小丑滑稽之英姿
游走在舞台之间
扮演另一种人生

你以敏锐的双眼
洞察人间多变的面孔
你以逗趣的话语
带给观众开心的欢笑

卸妆之后

寓居宁静的向阳的沐虚斋
阅古览今
沉思冥想

你舞动如椽的彩笔
抒发心中的块垒
挥洒人世间的
喜　怒　哀　乐　爱　恶　欲

于是
一篇篇不朽的诗作
供世人朗读传颂
永永远远

不会生锈的木斧

/贾羽（回族）

你是一柄
不会生锈的木斧
或年轻地劈风斩浪

或疯孩儿般唱在
冬末的边缘
你是一柄不怕生锈的木斧
能砍开钢铁的木斧
在苦难、悲风和罪恶里
竖起一面壮士的旗
在你们的路上
在我们的路上
任何血，都不会白流
不信，你看那路和碑
正缀满鲜花的诗篇
你掀起的大风
卷动秋天的爱情
你狂吻着无垠的田野
竟震响了欢乐的鼓面
化成一片掌声
你是回回家，是固原人
摔过跤的身子骨更硬
你是不老的春蛾
历经一种苦难
飞出来，又将获得青春

诗人与丑角

——给木斧

/方　敬

替你感到三生有幸，

高兴你已进入丑角；

但得切记莫忘：

自来诗人就是美角。

丑角又何尝丑，

一片真心全为了美。

甘愿作自我牺牲，

这就可见丑角的美。

诗人加丑角，

你得天独厚，一反一正；

反正为的都是美，

且看二者相反相成。

题《凤还巢》

——赠木斧诗兄

/包白痕

粉墨登场

一副丑恶嘴脸

丑洞房中亮丑相

你是观众嘲弄的对象

抹掉白鼻

握起如椽笔杆

一辈子刚正不阿

你是百姓尊重的诗人

笑口常开

——致木斧

/许　伽

不爱看京戏却爱看
京戏中的你
不喜欢丑角却喜欢
你在舞台上的白鼻子
你这弥勒佛笑口常开
较起真来却似金刚怒目
佩服你懒得念人生苦经
夕阳含山仍闪烁着亮丽

戏　文

——致诗人木斧

/海　笛

人生本来是出戏

诗人呵诗人

你为何选了这个主题?

看你扮的鬼脸

叫人笑破肚皮

你在丑的后面

塑造着纯真的美

这是戏谑人生

还是戏中有文?

你的笔如刀一样

——赠木斧

/王耀东

隔着那层油彩

猜度你的脸

真亦假

假亦真

真实的身影

隐在戏剧角色中

写诗却需要
撕去一切假象

你的笔
如刀一样锐利

诗答木斧

/王禄松（台湾）

斧柄萌新芽
伴三千年铁树开花
斧刃灿月华
映五千里天府秋色

揉诗成春
握笔成铁
书法旋墨海洪涛
画艺起文苑河岳

迈步疾飞霆

高歌裂磐石

闻君隔岸相呼

竟是云涛接天

雷雨交作

（原载《稻香湖》诗刊2002年8月20日）

一代诗风“书信诗体”

/海青青

书信诗体，顾名思义，书信化了的诗或诗化了的书信。看似简单，若要写好，并非易事。可以说，没有深厚的诗歌功底和丰富的人生阅历，往往会笔走极端，不是成了书信，便是成了一般的诗。这些都不是真正的书信诗体。只有两者“相亲相爱，融为一体”，方能诞生出纯正的书信诗体。有一点，书信诗体也属赠诗范畴，但又迥然不同。后者是我们常言的诗，而书信诗体不仅具有诗的特征，也有书信所具有的魂魄。木老正是准确把握了这些，在尝试和实践中摸索出了这种独一无二的诗体，创作出了大量的风韵天成的佳作。因此，称木老是“书信诗体”的开拓者、第一人，不仅不为过，而且实至名归。

《鱼和熊掌》是写给老诗人吕剑先生的。此诗和插图《卖马后传》曾在《牡丹园》诗刊2007年6月“白鹤卧雪号”总第5期上发表。说起吕老和《牡丹园》诗刊，还有一则有趣的诗坛佳话。诗刊前两期刊名由木老题写，后来，木老请吕老题写刊名，才算正式定下来。由此可见，两位诗国宿将间的友情之深厚，更折射出两老对晚辈的呵护，对诗歌事业的支持。诗有两行题字：“你的画，真美。/我想买画，还想得到一匹黄骠马。”这是吕老给木老信函中的两句话，诗由此而生。想不到，开篇如此突兀：“你要马呢/还是要画？”诗打破了常规入题，以回问语气切入，给读者留下了想象的空间，如国画之留白，是无字的诗、无形的画，细思忖，不奇怪，巧心俊发，设想新奇，本是木老创作的特长。在我的书店，就常听读者们议论，这个叫木斧的诗人，是写得不赖；《车到低谷》里的诗，写得又简单又耐读，真是好诗……

写给陈广澧先生的《喷泉》一诗，让人领略到了诗人驾驭另一种诗体的超越能力。众所周知，陈老不仅有着坚实的古诗词基础，也为新诗的发展和走向呕心沥血，探索不止。木老紧抓此点，用陈老擅用的新声体（以古诗词为基础，注入新诗的血液），寥寥数行，勾勒出了一位老诗痴的形象：“诗人一生多折磨/为人至少不背驼/不卑不亢不弯腰/一幅真诗人写照……”不仅使被写的人感到亲切，也为读者提供了不同于诗人以往作品的诗美。

木老的书信诗，不像人们想象中的书信，长篇大论。大都在二十行左右，有的更短，像写给台湾诗人王禄松的《临别礼品》一诗，只有三行。说实在的，别说在三行内刻画出诗人的风骨，即便在二十行三十行甚至上百行，想要临摹出诗人的风采，没有那金刚钻，就别奢求你的瓷器活儿多出彩！

真希望能有机会碰到木老书信诗的读者们千万不要错

过，要加倍珍惜。我也期望以后能够读到更多诸如此类的好诗。有理由相信，更多的诗人会从木老那妙笔生花中潇洒翩来，神采飞扬。诗坛也会因木老的书信诗体而缤纷。因为这是一道独特的当代诗人的人物画廊。读者们期待着，诗坛期待着，明天期待着……

2009年4月1日洛阳白杨书屋

（原载《网络作品》2009年第4期）

木斧书简

巴金致木斧

奋勇前进!

木斧同志

巴　金

1989年11月15日

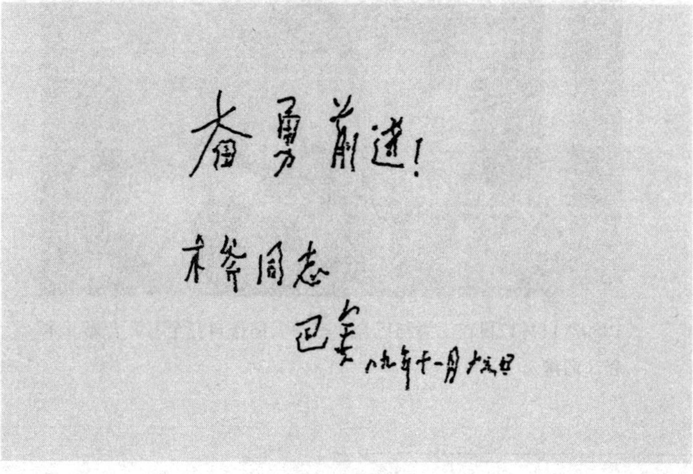

奋勇前进！

木斧同志

巴金 八九年十一月十五日

杨莆[1]同志：

信悉。张著[2]打算刊用我两封旧信（1979年2月和1980年3月），我同意。我的近照用一幅就够了，李致处有我的照片，请向他借用。

祝

好！

巴　金

1982年5月31日

1989年11月17日在上海与巴金、辛笛（前排自左至右）合影（木斧，后排左一）

---

① 杨莆，即木斧本名。

② 张著，即张慧珠专著《巴金创作论》。

沙汀致木斧①

木斧同志：

手书奉悉。我解放前夕在睢水一位姓吴的村小教师家里住了好几个月，安县一解放，我就按组织上的指示赶往成都。后来听说他在征粮中被暗杀了。我爱人、大的孩子也曾参加了征粮工作，吴同志也参加了，他正为挤黑田，被伪乡长一批坏人暗杀了的。人老了，好多往事时萦于怀，但我自己的记录材料多已散失，我爱人留下的少许杂记，又多是记录当日社会动态的。您来信给我解决了一个问题：征粮的标准、办法，但未提供地主瞒产和农民积极分子挤田的实例，而我正需要这些材料。写小说，年岁精力有限，看来不行了，但我总得写点回忆文字，悼念吴的文章。《青㭎坡》当尽力弄一本寄您。

祝

新年快乐！顺利完成创作计划！

沙　汀

1979年12月30日

---

① 沙汀致木斧的四封信原件已为中国现代文学馆收藏。

从抗战时起，土劣即大批盗借反动派征借的粮谷，1949年，伪政府还搞过清查存粮委员会，但很快就解放了。你们征粮时对于伪政府的粮仓，是根据怎样一种政策、方针处理的？盼告！

木斧同志：

来信奉悉。承您费神，代我了解的一些情况，很有用。谢谢！

作品既然公之于世，别人怎么评头论脚，是不可避免的，我看用不着管。也曾有人来信或当面要我提供自己的有关情况，那总得看条件，可也未曾完全拒之门外，只是分量上有所区别。有的，我谨奉赠给徐州“师院”所写材料一份，问题就解决了。寄上《青㭎坡》一册，请查收。这本东西写得匆促，也未花费应有的时间进行修改，就发表了，所以我自己颇不满意。原以为头绪多了，结构较松而已，把细重看，尽管“人文”出版社小说南组编辑同志给了我不少帮助，文字语言方面的粗疏之处也不少。脑子不够用了！这真是莫可奈何的事。

匆致

敬礼！

沙　汀

1980年1月18日

木斧同志：

廿八日来信收到。《青㭎坡》只可说是征求本。因为它写得匆忙，修改也较马虎，尚需改动，请多提意见吧！您前次提到有人写我的评传问题，我就说过我的态度了。既然有东西发表，当然就会引起注意，这是好事。不管批评、赞扬，都是好事。至于写评传之类的大块文章，如作者有问题要我作答，我一般都根据其要求作答。至于如何评价，我无权过问，也不看原稿。

来信提到的两位同志[①]，我的确都认识。北京的那位同志，六十年代初，也可能五十年代末，我们就曾经谈过两次。最后一次他提出要我看一个提纲，我推谢了。前年来京后，去年吧，他还来看过我一次。另一位是去年才认识的，他因参加唐弢主编的《现代文学史》工作留京有日，我们一共谈过两三次。回原校后，还通过两三次信。最后一次信，要我看他的草稿，我也同样推谢了。

对作品，对作家的评价，我的意见，不妨百家争鸣，有分歧，有争议，应是常态，作家本人实在不必多加干扰。当然，出版单位的审稿之权，作家本人同样不应过问。

匆祝

---

① 两位同志系指黄侯兴和黄曼君，后者有研究沙汀的专著（国内第一本《沙汀评传》），沙汀同志很满意。

编安！

沙　汀

1980年2月4日

我那篇小传，务请费神校正，如有疑难处，可就近找肖崇素、洪钟商酌修正。艾芜当然更恰当了，但他忙于创作，以不打扰他为宜。我实在不想看那篇东西了，没有这份精力，也没有多大兴趣。徐州师院曾送我一张我的照片，如去信，请顺便并为我要一两张，又及。

木斧同志：

“传略”校改好了。我严格计算字数，作了些增改。但我感冒初愈，今日杂务又多，恐有不周之处，尚乞认真校阅一遍。凡有措辞不当的地方，您酌情动动笔就行了。劳神之处，谢谢！

敬礼！

沙　汀

1980年4月5日

严文井致木斧

木斧同志：

十一月十八日信收到。

您的大作《南南和胡子伯伯的故事》长篇抒情叙事诗立即拜读了，使我感动了。应该说这是一篇完全的新作，是只能属于您的。它结构新颖，富于哲理，孩子们和成人们读后大概都会感到亲切并从中得到教益。您的诗，不落俗套，我除了这首长诗外，还在别的刊物上读过您的另外一些短诗，因此才敢这样说。我衷心希望您这篇新作能早日与读者见面。如果方便的话，请您帮我说明一下，您的这篇诗作虽然和我那篇童话有点关系，但是您这首诗仅用“再创作”是不能表明它的新意的，只能用“新创作”才能表明作者的创造精神，我不能分享它的光荣。当然，我们的心是完全一致的，这是一个童话作者和一个诗人的一致，两个人的心中，本来应该具备的一致。

如果能在诗中暗示一下今天的孩子们也还应当有所追求，今天不是一切都顺利，那就更好了。我这样说，只是顺便说一个感想，并无任何建议修改的意思。一篇已经完成了的作品，不易改动，改不好就等于在一件新衣上打补丁，弄巧反拙。

那个最早的胡子伯伯姓马，想来您早已看出，却故弄玄虚地说“不明白他姓什么”，当然，还是现在这样表现为好（当年我也是这样表现的），聪明的孩子稍稍动点脑筋就会明白。

作品发表后希望能邮寄一份。我会以您为荣，打算用您的作品来表示我也有类似的作品，类似的想法。

另函寄上那个时期我的小说《一个人的烦恼》一本，这本书不是那么好看，隔了四十多年才能再版。您留下做个纪念，不必看它。

敬祝笔健

文 井

1983年11月23日

徐迟致木斧

木斧同志：

10月22日信收悉。广汉王东洲同志的邀请，十分感谢。

现在有两个问题，请告知：（一）八百铜雕能否看到？（二）县内有何重要企业及高精尖技术可资参观采访，并写成文章加以通报的？特区精彩何在？

山水风景，食品工业，诗人故乡，也值得参观，但不忙参观了。年龄偏高，余日不多。所以要求比较苛刻。盼能复示，再定行期。我是在寻找重大题材的，希望能赐以重大讯息。

感激不尽。

此祝

诗兴勃发，音律和畅！

徐　迟

1987年10月29日

木斧同志：

12月10日来信和所附广汉县委11月28日来信收到了，不过收到之时，已经是1988年的2月8日。其间我到北京去，为《人民文学》写一篇关于高能粒子和广漠宇宙的文章去了，后来又南征广州、东莞、深圳、珠海、顺德和佛山，转了一圈回到武昌，才考虑复信。迟了，请原谅。

访问广汉，恐怕得稍晚些时候才能成行，因春天想到江南去看看。江苏的苏州、无锡和常州，目前占鳌头是江苏。顺便到杭州、宁波、温州看看，也是开放、改革较好的地区。上次你来信说到我女儿在四川，确实准备去看女儿，同时分出一定时间，对广汉模式进行考察和歌颂。怎么样?

这样，请代向广汉县委解释一下，确定行期后再通过你转告他们。反正，四川是一定要去的，我虽然已属老年，还想以残余之年，对全国开放改革做一次大面积的访问，走向新世纪的朝霞，沐未来年代的新鲜空气，只是，还要排一个行程，程序，循序而进。

感谢广汉县委的热情邀请，也感谢你的热情安排。

日子真是过得很快的，快得出人意料的，所以不久即可见面，届时再和你畅叙诗情吧。

祝春节愉快

徐　迟

1988年2月8日

木斧：

信收到。

《樱桃》序，照你说的，看校样时再仔细看看，没有什么就不改了。

《微笑》题字，无须抱歉，我并不喜欢写字，不用反而安心一些。出版后，希望送我一本。游东湖的诗，你怎么写都可以。

关于那本评论集，竟然也会牵连到你，我就没有想到过，那就应该是我向你道歉了。材料即请放着，我还要到成都的，届时再看。

紧紧握手！

徐 迟

1984年2月13日

木斧同志：

给周明写的序言，为什么要改几个字呢，难道我写的时候撒了谎？记得那时风声鹤唳，他还要我写序，我就只说真话。但已改了，也就改了吧。

我一时不能到成都去了。材料你放好，总有一天要看到的。天下事也真难言。幸而现在已经过去了，该不会再来了吧。不过我也该安息了，没想到竟还牵连到你。应该怎么向你赔礼呢？

下次你能来汉，当可陪你上黄鹤楼，“把酒酹滔滔”了，好不好？最要紧是健在，而且生活得很愉快！

此致

编安！

迟

1984年3月5日

1989年5月23日，武昌，木斧（右一）在徐迟家中与徐迟合影

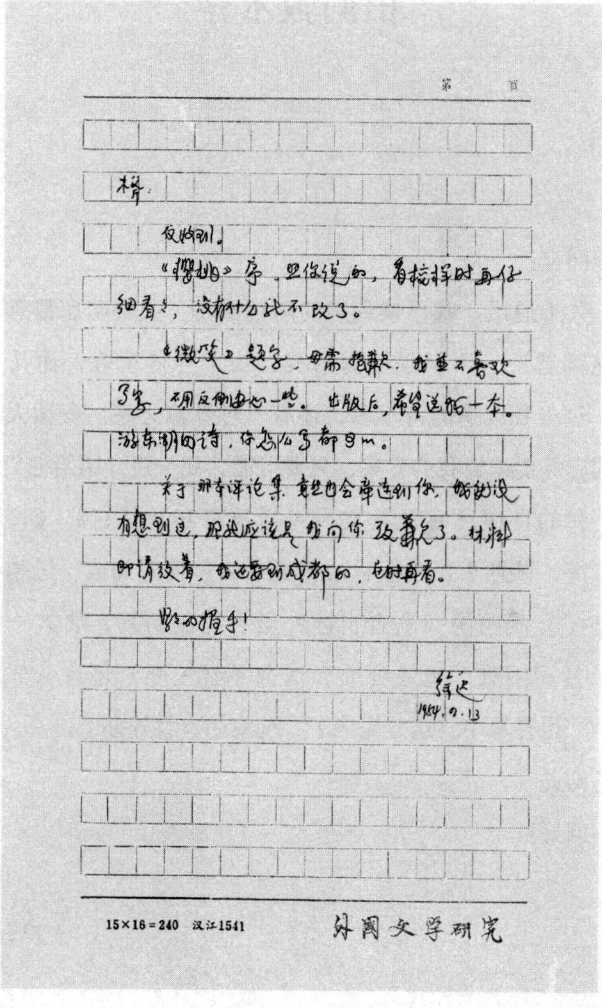

第　　页

梓：

仅收到。

《樱桃》序，照你说的，看校样时再仔细看看，没有什么就不改了。

《微笑》题字，毋需挂款。我并不喜欢写字，不用反倒安心一些。出版后，希望送我一本。游东湖的诗，你怎么写都可以。

关于那本评论集，竟然也会牵连到你，我就没有想到过，那就应该是我向你致歉了。材料即请放着，我还要到成都的，届时再看。

紧紧的握手！

徐迟
1984.9.13

15×16=240　汉江1541　　外国文学研究

田间致木斧

木斧同志：

久未通讯。我已读到您的两首赠诗。我要向您致意。您的这两首诗，不但是因为赠我，由于写得精练，而又有诗意，过去我读您的诗不多，还有一种新鲜之感。安徽大学方铭同志等要编辑我的专集，只要可能，我一定介绍给他们。

我的自述还有及其文，包括《离宫及其它》《青春中国》等，陕西人民出版社决定要拿去，何时编成，恐怕要在今冬了。我写的《歌者自述》虽已写成初稿，要放一些时候，抄写困难，也还要改。这倒不必忙吧？还有一部《诗论》，也在集中。这些完成了，选集的事就好办了。

即此

问好！

田　间

1982年6月末

木斧同志：

《黎明的呼唤》已收到。老朋友写的，看了一下，其他待日后另找机会了。

您的，我也看了，您在那时，写出这篇热情洋溢的诗章（语言也有层次），真是“愤怒出诗人”。

我的《自述》，要看今冬能否整理出？西藏去不成了，因为身体不合适，或是我与西藏这藏花盛开之地无缘吧？此复。

握手！

田　间

1982年8月28日草

木斧同志：

大作《醉心的微笑》今天收到。粗粗读过一遍，有些短诗，如《春蛾》《诚实》《松树》《浪》和《答田间》等，我都以为不错。你的诗，比较清新简洁，有的也还有些厚味。我宁愿多读这样的作品，而不愿看那些“大而无味”的长吟。

新诗已到了一个季节。这个季节，逼着作者们不得不仔细考虑它的去向。“四化”大业在于影响，这个千百万人的事业，中华民族生死存亡的险要，它不会不呼唤诗人猛醒。望你继续前进。

上次信上谈到《田间自述》，我已开始动笔，《新文学史料》今年二期开始发，他们也说要出史料丛书。这就与你们原来的相约有些矛盾，这一本书，命运在我自己手中。

握手！

田　间

1984年3月7日草

臧克家、郑曼致木斧

木斧同志：

久违，久违！今年4月在泉城晤面，可惜我身体不佳，未能畅叙，十分遗憾！这些年来，你写了不少诗，我从《星星》等刊物上读到过。……我总希望经常通通消息，见见谈谈好。

我年已八十一岁，百事缠身，不得休息！没写出什么好作品来，但总没放下笔。

你几时到京，望到舍下小坐。

好！

克　家

1986年7月12日

木斧同志：

昨天见到你的信，说我不必亲笔给你写信，其实，一个月前，我忽然想念起来，给你写了封短信致意。我在信上，夸你“写得多”，有一些我拜读到过，感到欣慰。我，一切尚好，只是年逾八十，事杂，不得休息，终日头晕。……

克　家

1986年8月30日

木斧同志：

7月1日来信收悉。谢谢你们参加克家讨论会，会后您还为他写了诗。《黄河诗报》曾登了讨论会一版，有会议报道，于黑丁祝词，邹荻帆诗，克家的讲话，最近几期尚未收到，不知为什么。《诗歌报》也在6月21日这期登了会议报道。《文学报》登了徐迟的那篇祝词：《臧克家其人》。

在济南，您和程光锐、曹辛之和上海的三位朋友与克家的合影一帧刚拿到，已请李玉烈同志再洗几张，不知什么时候能洗来，待洗来后再寄上。

您体谅克家的忙累，十分感谢。但您是他的诗友，有时间的话，字，恐怕还得要他写的，不过时间很难定。这段时间，他太忙了，今日头晕，有时脑子发木，会客、工作都得限制。

顺颂

暑安！

郑　曼

1986年7月12日

木斧同志：

克家同志不知休息，客人一来，就兴奋，高谈阔论。昨天两次来客，谈得太兴奋，一夜未睡好。性格如此，很难改。……

郑　曼

1986年8月30日

公木致木斧

木斧同志：

收读来信，得悉一切。所说《新诗鉴赏辞典》中名次误排问题，大约是主持编务同志不甚熟悉历史真实情况的缘故。日前曾得吴欢章同志信，说《辞典》反映不错，准备重印，征询我的意见，我当即把您来信复制转达给他们。

该书原定1989年10月前出版，序言是3月间写的。后诗文都有调整，序文也作了较大删节，均由在沪的几位同志动手做的，我未能参加到底。

不时读到你很精彩的新作，印象一直是新鲜的深厚的。我近年转向古典诗歌史的整理，写不出诗来了。

匆复，顺祝

公　木

1992年9月19日

木斧同志：

读来信，没有不举手鼓掌的道理。奈久无诗作，兹遵嘱杂凑几段“诗道杂俎”。任凭审处，如不中意，看看作罢，不必退还。

专此，顺祝

撰安！

公　木

1993年6月20日

木斧同志：

收读来信及诗稿四首，非常感谢。1937−1949年诗歌大系具体编选，由吉大中文系现代教研室几位同志打好基础，初步拟选录老兄的《我听见土地在呼唤》《献给五月的歌》两首。现在我再给他们一起商量商量，把寄来的四首诗交给他们再重新看看，另做定夺。

匆匆，致以

敬礼！

公　木

1990年12月2日

木斧同志：

公刘说你的诗“淡”，初读开头几页，尽是“小诗”，确实也给我“恬淡”的感觉；读到后面，《天地》是恢弘的，虽只“一个书桌”，而却呈现“一个世界”，却是“说小也小”“说大也大”；《信仰》那么坚执，而且发自衷心。这些就不那么恬淡了。怎么说呢？还是“说大也大说小也小”吧。

总之，木斧就是木斧，真诚，浓淡兼有之。学蒙垂问、谨奉闻为上云云。

读你的诗，感到愉悦。因为听到同时代人说的真话。这是不可多得的。

让我也抄一首近作相赠，从中可以看到我近时的心情：

近与远

我爱远眺，
闭着眼，
以心：
“海到尽头天作岸”！

我喜攀登，
兀立着，
以神：
“山达绝顶后为峰”！

两眼微睁，

一片迷茫，

胡为乎苇坑？

两眼微张，

一片迷茫，

胡为乎苇塘？

蛛网结华顶，

侧耳听蛩鸣，

翘首逐流萤。

蛛网结华鬓，

侧耳听虫吟，

翘首逐流云。

倏忽幻作山呵，

山连着山，

哪里是最巅？

蓦地化成海呵，

哪里有极边？

1994年7月长春

公　木

1994年8月21日

木斧同志：

自成都与北京发来两信都已收到了，《中国新文艺大系（1937–1949）诗集》出版，得到您同许多诗友称赞，对我来说，实在是一大快乐。十三诗人的成都聚会，无异给我一特奖，我将永远珍藏着惠寄的复印件，这么多老诗人同声祝贺，这本身便是一盛事。

导言是初稿，后来经过补充修改，也已交给出版社，可能由于疏忽，未用，仍用了初稿。

把艾青、田间列为七月诗派的先驱，是尊重历史事实。后来各有发展变化，人所共见。尤其在50年代以后，“七月”与“胡风分子”相联系，就更成了禁忌。到我们起草这个“导语”时，形势已变过来了，我们便说老实话，大实话。在修订稿上，是这样写的：

“在群星丽天当中，出现最早、影响最大的是崛起于抗战七月的‘七月诗派’。七月诗派是以艾青、田间为先驱，以理论家和诗人胡风为中心而形成的青年诗群。这个诗群是松散而广大的，从国统区到解放区，他们遍布在前方后方，城市乡村，寄迹工农兵学商各行各业中，只以歌唱战斗的激情相互联系着。七月诗派把诗的时代性、民族性和诗人的个性紧密地统一起来，使诗歌在现实与历史、思想与艺术上达到完美的结合，从而把三十年代的革命现实主义诗歌推向成熟的阶段。”

说远了，因来信提到，就顺便扯了这么许多。当闲聊天吧。

自从去年7月，病倒住院，初疑胃癌，后确诊为肾功能衰竭，至今遵医嘱，修养为主，读写均废，确实也有些昏聩，写不成作品了。许多文艺活动，只能心向往之！

匆匆，致以

敬礼

公　木

1997年4月13日

注：公木信中所提十三诗人是（按签字从左至右）：孙跃冬、苏菲、蒋牧丛、许伽、杜谷、王尔碑、张扬、蓝羽、沈重、杨琦、白峡、葛珍、木斧。

王朝闻致木斧

木斧同志：

……

读《缀满鲜花的诗篇》的《后记》，深感诗人和戏剧家木斧对自己的艺术，既不虚心到了心虚的程度，也不固步自封而轻易感到满足。

我不会作诗，对诗这一概念的理解是这样：就写作的过程来说，言为心声，硬作绝不能得好诗。就诗人的诗思如何受孕于实际生活这一过程来说，对于诗人反复理解、已经掌握的素材的内在意蕴的探索来说，对于如何调动连自己也感到欣喜的灵感的必要性来说，好诗是可以语不惊人死不休地作得出来的。不妨模糊地说：不招自来的即兴的灵感是很可贵的，但是这种灵感来自也许堪称艰苦的认识过程。如果说推敲一词不限于一字上工与不工，而且包括继续深入认识生活的意义，那么，可以说写诗意味着作诗，作诗不都是玩着文字游戏。

基于这样的理解，我以为读者对《缀满鲜花的诗篇》这一书名的理解，不要把“鲜花”与“诗篇”的关系理解为外在的相加，应当理解为同一事物的两重意义。

王朝闻

1987年9月11日在绵阳

木斧同志：

诗集、信和剧照收到，很高兴。不止因为由此联想到我们的川北之行，还因为久不知音信的朋友在自己感兴趣的事业中努力。如今“世风不古”，不愿下苦功而又急于成名者大有人在，弄得从事评论业务者陷入不甘当包装都难以自卫的困境。

在川北，你是否同到梓潼和剑阁？记忆力越来越差，在绵阳同听围鼓的事也记不清楚了。看了你的三幅剧照，想不到你长于此道。既能演京丑，是否也能演川丑呢？如今我很少（简直没有）到剧场看演出，50年代热心看戏的情势变了。我想向你提出一个问题：振兴川剧的呼声很高，你看问题的关键何在？我却颇有点困惑感。写作多属别的，包括游记，电视中的自然布景与程式化的歌舞在打架，我连劝架的勇气也没有。

我问你到过梓潼没有的原因，是今天写东西要涉及王维送李使君的诗引起的。我一向对其中的“万壑树参天，千山响杜鹃”的一个“响”字很感兴趣，认为它是视觉感受的听觉化。可是，《全唐诗》注文却说，也有“千山乡音听”

的。前几年得知，有人把“树杪百重泉”解释为雨后的树枝泉水般地往下淌水，根本不曾留心诗人的俯视角度。

想不到你已到离休年纪，祝愿你有了支配自己的时间、少开会的方便。这几年我写的字是离休这一好条件在起作用。除了写诗，有感而发的散文、随笔以至评论，我想对你来说并非难事。

祝你丰收。

王朝闻

1994年7月29日

1987年9月10日绵阳，两位业余戏剧家王朝闻与木斧

吕剑致木斧

木斧兄：

收到厚赐，只知道欣赏了，千不该，万不该，没有及时奉复致谢，务请原谅。特别是兄来信催问“收到否”，我就更不应该了。

双碟，我这里收看不到，已由小儿子取去，有了结果，再奉告。《法门寺》《六月雪》，都是我十分欣赏的剧目，而《法门寺》一剧，还是我少年时代在山东乡下看到的第一出京剧呢，印象至今难以拂去，等看了你的录像演出，还会引来我当年的多少情愫，再幸运不过了。

《木斧戏装自画集》真是“中国实力派名家名作”，精美之至。前面所说“欣赏”，指的就是这本《自画集》，木斧太神了，已钤章，并珍藏。

你是诗、戏、画三绝，才人也。我这不是“捧场”，而是衷心的赞美。

厚赐价值甚高，不光是艺术的，而且是花了大气力，令我何以为报？灵感一来，一定吟诗相赠，勿念为幸。

即颂

春安，全家福！

吕　剑

宗珏同此

2004年1月26日

木斧：

前后接读两信并剧照，友情感人。得悉您也病了一场，幸已痊愈。我自四个月内摔了三次以后，身体一直不妙，也在病中，稽答请谅。

了解到您的创作经历，使我大悟，不是“余热”问题，生命永远是年轻的。

看不到演出，剧照也叫人欣慰，已于书柜中展出。

《钓金龟》《秦琼卖马》，似乎我也看过（京剧？），祝演出成功。您唱到我们山东来了。

“一见如故”四字，竟还存着，足见兄重友谊。想来距今已十余年矣。现在不能写大字，当然可用毛笔补呈一张。

寄上旧照一帧，请留念。

忙，不必回信。

祝

笔健！

全家福！

吕　剑

2004年6月1日儿童节

宗珏问好

木斧：

4月23日大函拜收，特别是“丑角”一帧，也已收到，感谢感谢。

“甘为配角，自得其乐”，有深意焉。吾兄诗文书剧印，多才多艺，弟所不及也。

图章二枚，我感到下一帧为辛之所作，对否？但两帧不相上下，盖双璧也。“文化大革命”后期至八十年代初，我也玩过图章，但一无可取，均已磨去矣，奈何！

《双剑集》蒙过奖，深致谢意。

字，写不好了。

恭祝

阖府大安

吕剑　宗珏同上

2005年6月8日

木斧：

春节前欣赏李滨声的速写，美极了，真叫人高兴。

木斧的《凤还巢》，演程雪雁，有诗，令人叫绝。诗写得令人感佩。

记得对你说过，诗、书、画、剧……叫你揽完了。我不知道世间还有第二人不？

信多。（住了廿天医院，已好）恕不多赘。春安。拜年！

全家好！

吕剑　宗珏

2006年3月20日

木斧兄：

住院归来，得读新著《瞳仁与光线》，大喜过望。

我曾想过，一个丑角，不会写诗，尤其写不出好诗。您的大著把我这一“陋想”打破了。您写的是真诗，只在一个真字。但做到这一点很难，而一个丑角做到了。丑角也是人，尤其是真人。

俟身体好些，我还要细读。草此信，怕您挂念。

再谢！再谢！

诗神美！

吕剑　宗珏

2006年9月

木斧兄：

我已骑上秦二爷的黄骠马了，不日即可到达成都，我要拜见店主东，请“候驾”吧！

照片照得真美。

公寓吃住俱佳，比家里还要舒服，务请放心。

不赘。即祝

欢喜无量

吕　剑

宗　珏

2007年3月24日

木斧：

9月10日来信拜读，一切尽悉。

又是娓娓长信，又是艺术名片，欣赏何似！多才多艺。这哪里是“收条”，太过谦了。

承赐大轴，不着急。但你的心我已尽知，无言鸣谢！

想不到你也病了一场，千万多多保重。我也住院一段时间，现在好些了，自然还须静养。

子张的文章已读过，写得的确不错。他已完成《吕剑生平著述年表》，长三万余字，朴素、真实。已寄《新文学史料》矣。命运如何，尚不可知。

年老思涩，一时写不成诗相赠，早晚要写一首的，请放心。

大安！

吕剑　宗珏同上

2007年9月16日

木斧仁兄：

12月4日大函早拜收，因身体不大好，稽答请谅。

您说，您要出一本《诗路跋涉》，太好了，希望早日读到。为您写了一句话，写了五张都不理想，今勉强寄上两张，请酌定。如能用，也就算了。

没有负担，请放心。

祝

大好!

吕　剑

宗　珏

2007年12月18日

木斧仁兄：

午睡醒来，正好吾兄“砍柴而归”，好极了，我正需要一点柴用，可以分我一点乎？

为了过好年，将吾兄赐赠的大画《卖马后传》悬之于白壁之上，真乃蓬荜生辉。秦二爷的黄骠马正好在这里，我已上马，不日可到成都，请迎驾吧!

恭贺新春大吉。

吕　剑

宗　珏

2008年2月2日

贾植芳致木斧

木斧兄：

寄赠的诗集收到。弟虽然不懂诗，但懂得您的激情，能有机会把声音发出来，总是一个胜利。谨此祝贺！

趁李正簾兄来沪返川之便，托他带上我们的问候。你们都是川中人士，并借此介绍你们相识。正簾兄原在上海新闻界工作有年，1955年之狱，他也被罗织在内，为此又辗转回到故乡，现已离休，在自贡市安身。正簾兄原搞些文艺理论，也能从事英文翻译，尊处如有译件，不妨让他有个用武之地，发点余热才好。

弟流年不利，今年正月初一受车祸，右腿骨折，在医院蹲了一个月有余，现回家休养。本来准备5月入川，参加四川老作家[①]讨论会，借此探望兄等，欢聚数日，现在只能躺在床上，走路能力恢复在半年之后。为此5月之旅，只好叹口气作废，另图来日了！这真是极大的憾事，只能怪运气不济了。

---

① 1984年，中国作家协会四川分会等单位在成都举行了四老（巴金、阳翰笙、沙汀、艾芜）讨论会。

祝健！

弟贾植芳、任敏

1984年3月11日病床上

20世纪80年代，木斧与贾植芳在上海

邹荻帆致木斧

木斧兄：

我去延安一行归来，收到你的《文苑絮语》。文章读来亲切，如同你平常谈话的诚挚的态度一般。

我看你这句话说得好，“总是你自己的实感，既不是人云亦云，也不会看风使舵。这就很好，而如今这类文论还不是多了，而是少了”。

我一切如旧，从工作上退下来已经六七年了，身体还可以，也还间或写点文章与诗，只要是提得起笔，成败在所不计也。你必也离开工作岗位，我看也许更能写点东西。

此祝

著安!

邹荻帆

1992年5月4日

木斧：

感谢你来信约稿，并感谢你送我的诗论集《揭开诗的面纱》，但我回信晚了，请原谅。因为我到杭州和妻高思永一道度假去了。人老了，回来后很疲倦。

在杭州，徘徊于苏堤春晓者三次，想写点诗，但尚无成。其后又到水乡乌镇，即茅盾先生故乡，在那儿住了一夜，乌镇还是个小镇，运河流其旁，也在桥上徘徊觅诗，亦尚无成。往日总是行踪所至诗亦随之，现在精力不行，只好待来日再写。

先寄上访南斯拉夫诗二首，不知可作补白否？

犹记上次我去成都，在你府上大嚼大谈，此情此景似尚在目前。

匆此

俪安！

邹荻帆

1994年4月29日

木斧：

你好！

我曾为你写一短序的诗集，不知已出否？请告你那一诗集的集名，因我已将此文收入一小集中，出版社要求标出书名。

另外，你改写严文井的童话诗《南南……》，因我们篇幅有限，拟选发四节，并找人插画，不知你同意否？我已要编辑部同志写信征求你的意见，他们会给你去信的。信中将注明是哪四节，你可回复。

匆问好!

邹荻帆

2月28日

1988年2月27日，成都，木斧在办公室与诗人邹荻帆、杜谷合影

绿原致木斧

木斧兄：

我的女儿刘若琴日内因公来成都，我嘱她就便到出版社看看你。如果不困难，烦你设法弄二十册《另一支歌》交她带我，十册或几册亦可。因我12月份将去香港参加中国书展，他们希望我带作品去，而我一些旧作均无存货，十分希望川社同志帮帮忙。

顷接《文学时代》（西安）第9期，读到你的《霹雳的诗》，使我忍不住热泪盈眶。不仅是为四十年代的诗谊所感动，更悲伤于人的渺小——你是诗人，你才到今天还保留着那股激情。

我已向《诗探索》打听过你的文章。编者吴思敬给我来信：稿要发。但出得太慢，实在没法。我意，你能否请他们把它复印一份给我。或者，你手头有底稿，能否就近复印一份给我？社科院中文所编了关于我的一本研究资料，我想把你写的这篇补进去。

匆好！

绿 原

1984年10月29日

木斧兄：

接到来信并肖荧先生访问记[①]，不胜欣慰。

肖先生是我的老师。1939年他在湖北恩施高中教毕业班，我那时刚上高中，没有机会上他的课，但知道他是《七月》的作家，读过他的小说《国文老师》，并曾由高年级的同学陪着到他家去拜访过——他可能记不得了。近年又从《经济日报》谢牧同志（即尊文中的雪牧）处听说他晚年一些情况。最近三联书店倪子明同志有转来肖先生给我的一盒茶叶。这次收读你的信、文，更增加了我对肖先生的怀念。

但我不知肖先生的通信处。附信一页，烦兄得便时转交给他，谢谢。

祝愿

绿 原

1988年4月3日

---

① 即《被遗忘了的作家》，原载《人间》1988年第3期。肖荧，20世纪30年代开始发表小说。1900年7月2日生于四川郫县。曾在《七月》上发表小说《船上》《国文教员》《教育家》等，在《呼吸》上发表小说《我举笔》《七月半》《七十二荒》等，新中国成立后笔耕不断，近有小说《坎坷人生》在《峨眉》分期连载。是一位没有参加过任何作家协会的老作家。

木斧兄：

近好。

先后承惠赠大作《文苑絮语》《木斧诗选》，谢谢。近年来你勤于写作，收获颇丰，令人钦佩。我写得很少，偶尔应约搞点翻译，聊以卒岁而已。希望读到你的更多新作。

挥手！

绿　原

1992年7月11日

木斧兄：

我应邀去庐山玩了十来天，近日才回来。

读到你的来信，看到多人照片，二十元附款亦收到，谢谢。

肖老师迁新居，是大喜事，但年迈生病，令人挂念，烦兄代我向老人家请安！

葛珍兄我神交几十年，迄未见面。我想象他相当清瘦，不想从照片上看（戴帽的一位？）竟颇健壮。他寄赠的新诗集，我和荻帆兄都很欢喜。便中亦请代为致意。

你近年著述甚勤，屡有新作问世，殊堪钦佩。不知《七月》诗刊是否仍在出版？

这次旅游归来，十分疲惫。

匆匆，余再叙，即问

近好！

绿　原

1994年9月21日

木斧兄：

接到贺年卡，十分高兴。

久未联系，但看到你的一些剧照，更怀念你的诗。望多保重，并祝新春愉快！

绿　原

1997年12月

木斧兄：

来信，《诗的桥墩》及《六月雪》剧照收到，甚慰。那本诗论虽短，却包罗万象，证明你在舞台下面仍然很勤奋。

不知你是否离开四川出版社？几月前向这里给你寄过一本诗，不知是否收到？

听说成都也在闹水灾，今年可是东西南北都湿漉漉了。

祝全家好！

绿　原

1998年7月24日

木斧兄：

收到惠赠新作《汪瞎子改行》《诗的桥墩》二册，不胜欣慰。去年来信说，你将改行唱戏，不再写作。我听了虽感遗憾，其实并不相信。果然陆续见到你的新作问世。冀汸、曾卓二兄均在住院，我虽顽健，也只能说是上世纪的人了。希望你趁身心健旺，多写一些，把我们想说而未能说，或说而不透的话再说一下。文要写，诗也要写！

专此即致

春安，2000年的第一个春天！

绿　原

2000年2月29日

木斧兄：

又收到你的新作《书信集》。不能不佩服你，不仅是你的创作热情，更是你对于时代、对于时代感的执着。当前，人们自得其乐于时空环境以外，他们怕是听不见，也听不懂你这些遥远的声音。保重！

并祝春好！

绿　原

2000年4月5日

木斧兄：

近好。大作《车到低谷》收读，看到你宝刀不老，十分高兴。

《车到低谷》这首诗写得很好，有鼓舞力量，我很喜欢，但这四个字作为集名，离原作（第48页）较远，容易产生与原意相反的消沉情调。这个感觉未必可靠，说说而已，请勿以为意。

你的诗有你的风格，可能与你的演出才能有关。这也只是感觉。《后记》说“也许是最后一本”，这句话似以不说或晚说为好，你肯定还能写下去。

我近年来如你所说，“年岁不饶人”，耳朵失灵已久，但身体还好。很少写诗，却还喜欢读，特别是读朋友们的作品。

祝你健康，多产！

见到成都、重庆诗友，请代致候。

绿　原

2003年7月15日

木斧兄：

7月25日来信并大作《幽默》及你的《钓金龟》剧照一齐收到，十分高兴。

你多才多艺，诗、画、戏都有一手，尚望以诗为重，争取把手头一本成稿推出去，岁月不等人，能做一点是一点。

我近来写得少，手头也攒出了一本，未必推得出去。

谢谢你为我写的《幽默》，虽然我的耳朵不争气，眼睛却能读到你的“娓娓清谈”。

又，愧因年迈，常写错字，改用电脑，只为出错好改也。

绿　原

2004年7月30日

20世纪80年代，木斧在绿原家中与绿原合影

曾卓致木斧

木斧同志：

信收到，你发表在《红岩》上的诗我也读到的。

没有想到你也因我而受到牵累，不过那些年间也就是如此的，好在一场噩梦总算过去了，来到了你所歌唱的早晨。

我现在市文联从事专业创作，最近发现了肺结核，主要在养病，偶然写一点。冀汸在浙江。绿原在北京。也都还在写。请向修文同志致意，感谢他的诚挚的歌。

伍禾也牵涉进集团中，1957年又被划为右派，现都已改正，但他已在1968年去世了，死得很惨。解放前他是《新湖北日报》（不是《武汉日报》）长江副刊的主编，我也化名在那副刊上写得不少。市图书馆没有该报，省图书馆应该有的，但我没有时间去查，不过我总会查的，因为我过去的作品也全部丢失了，那时我一定留意代你找你的那两首诗。

来武汉时请一定来谈谈。

祝

好！

曾　卓

1981年5月17日

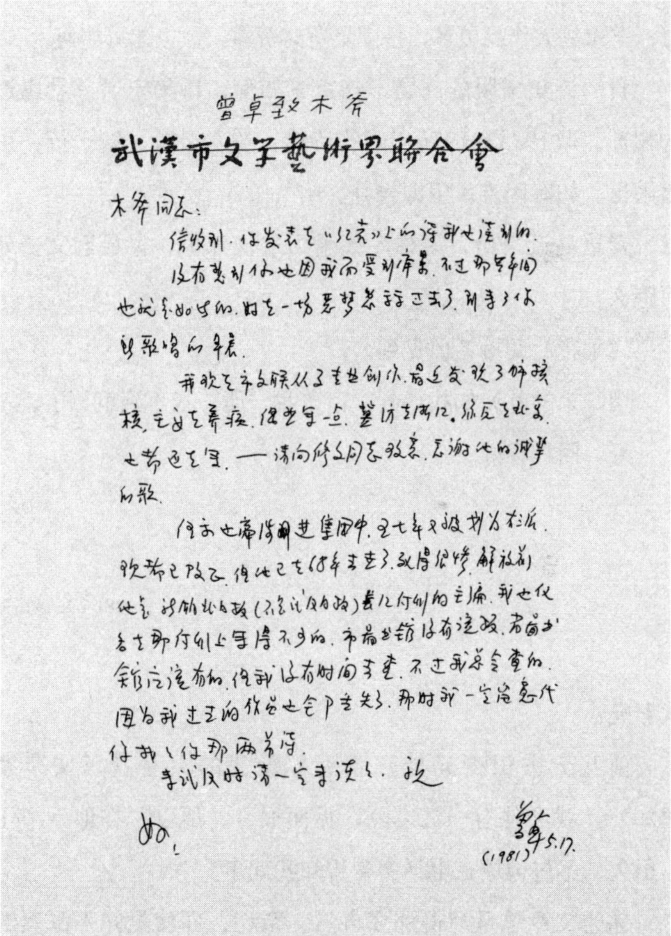
曾卓致木斧

武漢市文學藝術界聯合會

木斧同志：

信收到。你发表在《长江文艺》上的诗我也读到的。

没有想到你也因我而受到牵累。不过那些年间也就是如此的。好在一场恶梦总算过去了。剥夺了你的歌唱的年华。

我欣喜于你又恢复了业余创作。最近发现了肺结核，主要是养病，但也写一点。[illegible]——请向修之同志致意，感谢他的诚挚的歌。

[illegible]

来信及时请一定来谈谈。致

好！

曾卓 5.17.（1981）

木斧同志：

信收到，到省图书馆交涉了一下，他们说旧报质量较差，复制容易损毁，只能抄，规定如此，我也不好多说什么。

最近“长江”另一作者冯放来，也没有能够复制旧作，田野、羊翚等人作品更多，抄就更费时费事，但也无可如何。

我的诗集出版的问题不知究竟如何，诗集定名《悬崖边的树》，收1939—1976年间的诗选，约六十首，两千行，可出则出，如有困难，望即告我。

奔星最近来信，说你不久前到过他那里，你最近又去外面跑么?

《雨花》两编者已见到。

《归来的歌》如找得到，请寄我一册，找不到就算了。

好，问杜谷好。

曾　卓

1981年12月15日

木斧兄：

前几天去田野兄处，收到你赠我的大著（《文苑絮语》）。我和他有一江之隔，见面很少，所以，在他手中压了很久，不过他原在电话中曾告知我此事。

你的文章总是写得那么自然、亲切，即使是并不深奥的道理，但你是通过自己的体会来谈的，所以仍然有一种感人的力量，其中还有专为我写的一篇，使我引以为荣。

从田野处了解到成都诸友人的近况，知道许伽身体欠安，甚以为念。

田野不幸遭骨折，已两个月了，仍行路艰难，不能出门，羊翚[1]最近因盲肠炎开刀，恢复得很好。我一切如意，偶尔写点小文。

祝好

卓

1992年9月17日

木斧兄：

大著三本收到，谢谢！《书信集》的题句尤令我感动，给我以激励。

我于一个月前又一次住院复查，现还未出院，不过，说是住院，我是每天都回家的，我很不习惯于医院的气氛和生活。一年来病情基本是稳定的，这得益于较好的治疗条件，众多友人带给我的温暖，因而，我的心情和精神状态也一直如常。昌耀和我得的是相同的病，但发现较晚，治疗和生活条件都较差。他不幸的命运令我感叹。

你是乐观、达观，而且懂得生活情趣的人，既能亮相于

① 羊翚，四川广汉人，湖北诗人，台湾诗人覃子豪之弟。

剧场小天地，又能活跃于人生大舞台，而且都能得到喝彩和掌声，殊为不易，在友人中，你是最富青春气的。

还来不及读你的小说，但在《书友》上看过有关评介，我一定认真看看。

祝好！并向友人们致意！

曾　卓

2000年5月4日

木斧兄：

信收到，承远道关怀，十分感动。我是得了病，而且医生诊断是肺癌，原定动手术的，因考虑到我的年龄和身体，改用了光子刀。说是刀，却不见刀光剑影，只是一种立体放射。做了两次，每次三十分钟，身体不太吃亏。9月底将再复查，下一步如何治疗，要看复查结果而定。到现在为止，我的健康状况并未见恶化，体重还略有增加，心情则一直还稳定。

知你将有诗集小说集出版，十分高兴，盼早日能读到，并望有机会一睹你在舞台上的风采。

致

好！

曾　卓

1999年9月8日

薛如茵致木斧

木斧同志：

您好！

感谢赠书。去年“听笛人空着手走了”，您寄来悼诗。一周年后，又收到诗集，“寄往情悼曾卓”，他在天国又听到人间爱的留声。他会无比温暖、欣慰和感激的。

拜读诗集，真是韵味无穷。您那丰富多彩的生活，对艺术的执着追求，真诚、质朴、幽默的诗情，蕴含着深深的人生哲理。读《车到低谷》深受激励和启示。

如茵代表听笛人在此向您表示衷心感谢！

即颂

撰祺

薛如茵

2003年7月18日

牛汉致木斧

木斧兄：

老兄的信写得有趣。我当然不是什么“老诗人”，我觉得自己才开始写诗——因为二十五年的青春被删去了。这两年提起笔来，相当的沉重。你说我近两年的诗作，哪里是新东西！都是1975年之前我在咸宁干校写的，当时随便记录了一些零散的心绪，这两年来，一一整理了出来。新的作品不多，我是想着把旧的东西赶紧作个历史的结束，然后面对当前的现实，认真作思考，在艺术上也作些新的探索。一个诗作者，如果不作探索，自以为已经有了固定的风格，那是可怕的，或许就是僵化的现象。我写得少，而且十分艰难，但我是想认认真真写十年八年的，然后向人生告别（我已五十八周岁了）。写不了多少时间了，因此我格外珍视这段老年期。

《天蓝诗选》，我到诗歌组想要一本，他们说连一本也没有了。我只得将我手头的一本（有点残，但正文完好）送给你。我自己会弄到另一本的，勿以为念。

我真想有机会去一趟四川，我没有入过川。成都有那么多的诗人，那么多的熟人。你的工作一定十分繁重，希望在百忙中坚持写诗。白天累，深夜写嘛，一个月写一首总可以吧？我就是这个办法，每年写十五首到二十首左右，再多不行了。

你何时还来京？来京后好好深谈一次，谈诗。

春安

牛　汉

1982年2月23日

木斧：

这一趟，我才真正认识了你：你的醇厚而美妙的性格，连你那厚实的身躯，都使人感到亲切。我记得在成都经历过的一切细节，一切在人间值得珍贵的情谊。诗的磁力如此巨大，它聚集了真正的心灵。了解了的人，会相信你会写出更强健的诗来。你深沉诙谐，而且诚挚。你送给我的《虎》[①]，我一家人都诵读过了，谢谢了。你抓住了我的虎的灵魂，把我这首诗的秘密拆穿了，连我自己都感到惊讶。可见你是个会剖析诗的人。

我终于在重庆弄到船票，第一次看到三峡的风貌，我在

---

① 这首赠诗，后来经过修改，改题为《虎姿》，发表于《长安》1983年12月号，收入《木斧诗选》。

狂喜中，草草地记录了一二十首不定型的诗稿，但能留下几首，难说。常常是经过一阵沉淀，大部分成为稀薄的水分，只好泼到地上。不过三峡的感触是不会轻易从心灵上消失的。成都盆地的雾，我觉得它是健美的雾，不是冷凄凄，不是下沉沉的，是大地有生机的、火热的胸膛蒸腾而起的汗气、朝气。光秃秃的山，冰冷的荒原是不会生发出雾的。我过去只看到雾的一个方面。中国的雾，不似桑德堡的雾，美国城市的雾是污浊的，窒息心灵的。我要写一首赞美成都平原的生气勃勃的雾的诗。我有了点鲜活的感触。

木斧，要信心百倍地写下去。你有潜力，但不要迷恋轻巧的智慧，多铸造山岳般沉重的大诗。你说呢？你的智慧丰富，又有激奋的情绪，如果没有后者，那你就写不出诗来。这也许是我的偏见。

我顽强地走着自己的路子。

四川盆地是个丰饶的地方，我还没有见过如此有生机的大地。我要写点歌颂四川的诗。

拉杂写下这些话，并无深意。

匆匆祝

全家好

嫂夫人、娃娃们都代致意！

牛　汉

1984年1月8日夜

杜谷致木斧

木斧兄：

谢谢你送来拙作《春天的拱门》原刊复印件和“文艺与生活社”的活动始末。现遵嘱将始末文复印件送还。这是一份珍贵的史料，不知发表在哪个刊物上？

看了《文艺与生活社》的有关成员名单，其中我认识的只有伍经庸、周光俊和刘光辉，因为他们都是成都列五中学毕业的学生，1946年上半年我教过他们。但当时与我在课外有来往的只有伍经庸，他也是早期《学生报》的通讯员和联络员。不过1946年我离开列五以后就没有联系了。所以《春天的拱门》肯定不是由他收到的。

《春天的拱门》刊登在1949年5月出版的《文艺与生活》上，当时我正在重庆（1948年5月就离开成都了）。写此诗当在1949年春“4 · 21”前后，当时我有一个朋友靳维汉与我常有来往，他也是西南学院的，与罗洛庚熟识，与伍经庸大概也是同学。此诗很可能是由他转给罗或伍的。此事我可以问问靳，他现在仍在重庆。

谢谢你的关照。

杜　谷

2009年9月12日

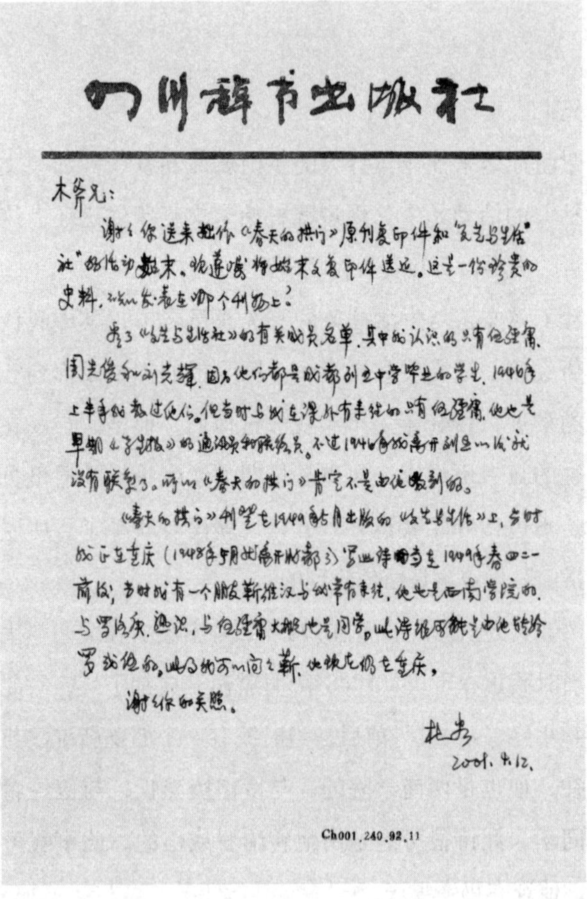

四川辞书出版社

木斧兄：

谢谢你送来拙作《春天的拱门》原刊复印件和"文艺与生活社"的活动始末，现连同将始末文复印件送还。这是一份珍贵的史料，不知发表在哪个刊物上？

看了《文艺与生活社》的有关成员名单，其中我认识的只有何理甫、周光俊和刘光辉，因为他们都是成都列五中学毕业的学生，1946年上半年我教过他们。但当时与我在课外有来往的只有何理甫，他也是早期《学生报》的通讯员和联络员。不过1946年我离开列五以后就没有联系了。所以《春天的拱门》肯定不是由他转去的。

《春天的拱门》刊登在1949年6月出版的《文艺与生活》上，当时我正在重庆（1948年5月我离开成都了）写出样稿寄至1949年春回二一前后；当时我有一个朋友靳维汉与我常有来往，他也是西南学院的，与罗洛熟识，与何理甫大概也是同学。此诗稿可能是由他转给罗洛的。此事我可以问问靳，他现在仍在重庆。

谢谢你的关照。

杜谷

2009.9.12.

Ch001.240.92.11

彭燕郊致木斧

木斧兄：

……

艺术更新对于我们之所以必要，是因为首先：现实向我们提出了诗的要求，其次，我们身上的旧观念过去已经浪费了我们大部分的大好光阴，我们再不能被它拖住固步自封了。你和我一样，过去漫长的封闭岁月中我们的求知欲是被压抑到最低点的，到最后，人类文明的全部成果被宣布为“封资修”垃圾，能说我们没有受这个大文化环境，文化气氛的影响吗？改革开放的十年来，有幸的是我自已总算慢慢地睁开眼睛了，知道该看看世界，看看自己的国家，和自己身上有些什么东西了。这样，我就既有奋发、乐观的一面，又有痛苦反思的一面……

这几年我用大部分时间编译介绍各国现代诗的目的也在于让大家看看到底现代诗是个什么样子，现代诗是怎样发展过来的，从中也可以比较一下到底人家有什么长处我们有什么短处。我以为在这种情况下如果能形成我们的自信，应该是一种坚实的自信，能看到我们的新诗的前途应该是现实的可靠的前途。起哄和胡闹是没有用的，只有甘心于默默无闻，情愿做个默默无闻的埋头苦干的人，才真正能够得到真正的诗。

彭燕郊

1989年3月

木斧兄：

收到信，很高兴，特别感谢诗。

诗写得很好，诚挚的语言，亲切的感情，自然流露的风格，如今已不易见到了，看来我们这些老头还得写下去。兄诗对弟多有慰勉，则更是应该感谢的。这些年，我颇着力于追求一些澄明清澈的心灵境界，极想达到“严于律人，宽于责人”“静坐常思已过，闲谈不论人非”的要求，此或亦一“老态”，兄视之为淡泊，实非常人所能道者。其实，处今之世，要真正搞艺术，甘寂寞十分重要，热闹场合，在我等看来还含有悲凉，局外人则无此感也。

我两年多没出门，这次以为你大约不会来了，竟失迎迓，只有请你多多原谅了。……

见面一次真不容易。照片效果想来甚佳，盼惠寄。

匆匆不尽，祝

吟安！

彭燕郊

1991年10月20日

胡征致木斧

木斧小老么兄：

读到手书，欢欣之至。

梅志兄比我还大两岁，但她是个特殊材料塑成的人，人中之杰，不论哪方面都是人杰，健康方面亦然。我当然也可以，只是精力不旺，但我仍然贼心不死，蜗速过进，承你鼓励，我更加兴致勃勃。

你和梅志兄的照片摆在我案上眼前，亲切之至！待我有照片时寄你。

匆祝

诗安！

胡征顿首

1992年4月4日

木斧兄：

在《黄河文学》新一期读到了你的玉照，我非常喜悦！你是当代中国最潇洒的诗人，因为你的诗、你的戏早已超然纸上和舞台上，你是诗化了的艺术家和艺术化了的诗人。这次见了你的玉照，我忍不住拍案叫绝。

匆祝

2000年诗情万千！

胡　征

2000年1月14日

1985年，木斧与胡征在西安

冀汸致木斧

木斧兄：

汶川地震后，我给成都发了三封信，但只有你回了一信。一封是寄四川文艺出版社杜谷的，他的近况你总知道。另一封收信人你不认识，不提了。

我2002年因心脏病住院，已进入第七个年头，虽然安装心脏起搏器，但心功能仍不全，只能住在医院里在医生监护下用药物调整，维持平衡，换句话，只能住在医院等死。我已经九十一岁，早超过了一般中国人的平均寿命，自不必讳言死。

现在生活正常，也没有什么不舒适之处，可谓“无病痛感”。这样，也就过得去了。匆匆

祝健康！健康第一！全家生活幸福。

复信顺便告诉我杜谷的情况。

冀　汸

2008年8月24日

木斧兄：

照片中人，只认出了你和杜谷，其余的可能很难“名实相符”。请从某一方向注明姓名。

《霜叶集》尚未收到。

你还有兴趣唱京剧吗？旧的剧照，手边如有多的，请捡一二张给我，留作纪念。

汶川地震，波及都江堰，葛珍住地平安么？八十年代到九寨沟旅游，曾事先致函余芳[1]，希望经都江堰时见一面，大约邮递不准时，未能见到。回程在成都见到了，送了几只麦草编制的盘子，至今仍然有用。

她也来过一趟杭州，看望在浙东打游击时的老战友和在《浙江日报》工作的老同事。她调离浙江，是因为葛珍在西康《康定日报》工作。

罗洛八十年代在上海作协书记任内因肺癌去世多年，女儿罗小玲在华东师大出版社工作，因精神不正常，已几年不上班。这些事情都不是令人愉快的，但事实无法否认，奈何！

祝朋友们健康，现在是健康第一！

冀　汸

2008年9月中秋节次日

① 余芳，即许伽，和葛珍是夫妻。

木斧兄：

诗收到。“直白未必不是诗”，把这句话还给你。诗该怎样写？实在各有各的写法，一首诗有一首诗的写法。不能定于一尊，也不该定于一尊。我倒觉得，某些先锋诗，越写越邪，故意将明朗的语言来个曲里拐弯翻译得不明朗。最简易的办法就是语词替换，将常见的换成罕见的，将明朗的换成模糊的，将朗朗上口的换成疙里疙瘩的。不是写诗，而是在玩文字游戏。等而下之，就是蓄意将秽语黑话入“诗”，越鄙俗越“美”，越龌龊越“美”。丑，是“美”的顶峰，这也算是一种美学观吧！

两本书也收到了。我喜欢《诗的求索》。那写法很亲切。经历、经验、诗情、友情尽在文中。待细读。

握手

冀　汸

1990年3月1日

罗洛致木斧

木斧兄：

收到惠赠的诗选，谢谢！你这几年时有新作发表，为你的丰收而高兴。

上次托你打听两个人的地址，《非洲诗选》的两个译者：周国勇、张鹤。我选了他们的几首诗编入《当代外国名诗》，需和他们联系，仍烦你代为查询见长。

令蒙先生久未通信，近况如何，请代为致意。

即颂

近安！

罗　洛

1986年4月1日

木斧兄：

艾以转来你的信，我近来几乎没有写什么，抄上两首旧作，是否可用，请你酌定。

《无题》是为江湖中那些流落而丧身于异乡的年轻人写

的，但似乎太隐晦了些。

有机会当然想回成都看看老朋友们，但目前仍杂事堆积，最近又正在筹备作协的换届工作，一时很难走得开。

祝好

罗　洛

1986年4月1日

木斧兄：

谢谢寄来的照片和剪报，并请向老朋友们转达我的谢意和问候。照片上的人大部分还依稀认得，有一些则认不出了。不过，我还是谢谢大家。

上海天气已日渐转凉，不像盛暑时那么难过了。近况如何，常常在念中，并希珍重，并颂

近祺

罗　洛

1988年9月2日

子张致木斧

木斧先生：

挂号寄赠徐叔通先生编《学生报人永远年青》和大示均拜悉，谢谢你。

这本书的确很容易把人带回当年的历史情境，是一件非常珍贵的历史遗存的写照。您的序也写得好，回顾了《学生报》作为七月派诗人的摇篮之一所培育出的诗人，实在难得。

随信附上拙编小刊《手艺》第一期，聊供闲览并请指教。

问候！

子　张

2015年11月25日

方敬致木斧

木斧同志：

你的信、书、刊，迟迟转来，有半月之久，但终于还是到了。如看见了你，握手叙谈，颇为欣慰。多谢多谢！

别来不是无恙，而是鄙人有疾，已成一个老病号了，长期在斗室之中静养，与世隔绝。终日苦寂，唯有面对彩电，走向世界，仰视壁钟，向往未来，可见尚未心死，活气犹存，自信不是不可救药。世路如今已惯，此心悠然。

《七月》诗版的主编是诗的热心家，不但写诗，而且编诗，这就是新诗的力量和希望之所在。版面清爽，有好作品。篇幅虽小，字体较大，算是积德，老人看现在的碎米小字实在受罪。

你的诗评，我爱读。短小精悍，自然灵活，从不做作，快人快语，有个性，有己见，不人云亦云，且有诗趣。

谢谢你的剧照。丑角不丑，真正的丑角并不游戏人生，最能参悟人生，道出至理名言，意味深长，你该是这样的丑角吧。请看莎翁剧的丑角。你真算多才多艺。

我写过一首给巴金的赠诗，较长，不知看到过没有？请指正。拙作一首，如不上刊，请扔进废纸篓好了。

问好！

方　敬

1994年4月16日

木斧同志：

日前忽接你、李华飞、车辐、杨琦、罗英、王尔碑、葛珍七位诗友的贺电，不胜惊喜，且无任感谢。佩服你们的灵感，我自己向来记不得自己的生日。你又还另有贺卡祝我八十不老，壮心不已。请替我想一想，为什么八十还偏要赖着不老，为什么壮心硬要不已下去呢？活到八十，已经够蠢的了！学诗不成，缪斯心软，还未见罪，但这种宽容更使我心里难受，只好立誓来世再也不写什么诗了。木斧锵锵，请代问诗中七君子致意，敬谢。

上次回信及短诗《老小》想已收到，你主编的《七月》务望赐寄，很想看王珂之文。

便中请将上函复制一份给我，向来写信不留底子，有人要选作家书信选之类，给添麻烦，谢谢。

你好！

方　敬

1994年5月12日

吴奔星致木斧

木斧兄：

信及大著两部（一本诗论诗评，一本小说）均拜收，兄不仅是文坛的多面手，也是快手——多快好省的快手。小说尚未拜读，《揭开诗的面纱》都翻了一遍。我同意您的“直白未必不是诗”的观点，“直白”是感情的萌芽，也是诗的起点。很多传世之作，不论唐诗，不论新诗，都是“直白”的或以直白动人心弦的。

您的诗评写得要言不烦，为评艾青、评何其芳、评吕亮耕等我交往过的诗人，特感亲切，虽只三言两语，都能收点到即止的作用。您这种突出了几点的诗评，往往比不着边际引经据典的长篇大论真正搔到痒处。这是您的诗评的风格，我希望能普及，能推广，当然，首先应该从自我做起。

我是一位失去后方的老诗人，生活极不安定，写点什么都只能是“垂死挣扎”。我的写作计划很多，很大，但年龄不饶人，颇有力不从心之感。每次收到老兄的来信或赠书，总是精神为之一振。我必须向您学习，或能勉力完成未竟之业。

我十年前就评过您的诗集，八十年代的第一部诗集，您和何其芳的诗相比，我觉得相当准确。这种比较对写诗评者也有启发，但有一个前提，必须对比较的双方或多方诗人的诗，都能吃透。防止皮面的类比，要有会于心，方能出口成章。

本来只想给您写个打收条式的短信，感谢您寄赠的大作，不想笔走野马（非笔走龙蛇），下笔不能自休了，言多必失，尚希见谅！

祝

撰安！

吴奔星

1994年5月17日

1986年4月，在济南，自左至右：纪鹏、木斧、吴奔星、曹辛之、程光锐

屠岸致木斧

木斧兄：

大函奉悉。

尊作《流淌的十四行诗——给屠岸》已拜读。一方面是感动，您这首诗写得非常好，是一首真正的诗，有诗情还有画意，而且音调铿锵，读来悦耳。另一方面是不安，您把我的十四行诗说得那么好，是过奖，但我感到您是真诚的。

您说要征求我的意见，要不要修改。我只能说，您把我的诗说得太好，能否说一些缺点是不是呢？当然也要用形象的语言。

有几处文字上的斟酌。“啕啕”也许应作“滔滔”。按啕是指哭，如号啕。

憨畅，憨是指傻，傻也不一定是贬词，如傻得可爱。如果您确是要用这个字，那么“憨畅”这个词是创新，不会是“酣畅”吧？

安祥，一般写作“安详”。但安祥似也不能算作错，安宁，祥和，也是可以的。

我原想把您这首诗留下来做纪念。但一看，不是复印件，是手写稿。您没有另外留底吧？所以我把您这首诗同时寄还。

再次感谢您的好意和感情。

祝

健康快乐，

工作顺利，

创作丰收，

万事如意！

屠　岸

2010年3月27日

此信迟发。我已把您的诗抄在我的日记本上了。

屠岸又及。

3月30日

木斧兄：

大函敬悉。

我的毛笔字，曾说是小学生水平，因为我自从离开小学后，就不曾再练习过毛笔字。后来才觉悟到，这说得太自负了。因为我看到一些小学生写的毛笔字，其水平远远地超过了我。

我今年八十四岁，虽还参加一些社会活动，但也已是强弩之末。吾兄还在编辑整理自己的诗稿，可见精神体力尚属旺盛。愿兄健康快乐，安度晚年。你说仍在拼搏，可敬!

胡风案损伤了多少人！我是打了一个擦边球，但也留下了抑郁症。

您要我题《诗路跋涉》，遵命。写了两张，一并寄上，供选用。只能说是献丑了。

祝全家幸福!

屠　岸

2007年8月1日

木斧先生：

收到你的邮件，谢谢您寄来《星期二诗报》试刊号。此刊短小精悍，可读性强。如今人们闲暇少，读长篇作品要占用较多时间，不易被接受。短诗，精彩的短诗，必将受欢迎。《星期二诗报》可能开辟一个短诗的园地，这将是对诗坛的贡献。

祝身体健康，工作顺利!

屠　岸

2008年12月2日

木斧先生：

今收到您寄赠的大著《百丑图》非常感谢！

过去知道您在写作之余，爱粉墨登场，客串京剧丑角，但未知其详。现在从此书中了解到您能演那么多角色，对京剧表演艺术如此倾心、执着，实在令我惊异！虽未曾聆听您的唱功，但从众多的照片中，也可想象出您的做工、唱功必定不同凡响！在写新诗的诗人中，如此痴迷于古典戏曲的表演实践者，唯木斧一人，古今独步！

您的“戏诗”，也佳作迭出，在中国新诗史上，应有一席之地。祝诗思泉涌，剧艺长新！

屠　岸

2009年7月12日

木斧兄：

大函奉悉。

你说牛汉病了，杜谷已九十三岁，都不能动笔。我感到荣幸，因为你让我代替牛汉，代替杜谷。

我患小肠疝气已数月，病时不堪忍受。现在戴着疝气治疗带，勉强维持活命。估计下个月内要去医院动动刀子了。斧也是一种刀！

我今年九十岁，若按中国传统的算法，是九十一岁。我比杜谷年轻两岁，这是我的幸运！

遵嘱为《论木斧》写了一篇序，只五百字。想到鲁迅为《生死场》写的序也很短，所以我能够“心安理得”。何况你在信上还说了这样的话：“只好请你写个小序，几句话也行，我便感激不尽了。”我想倒过来说：应该是我感谢你，为了你对我的信任！序奉上，请指正。

你在信上说“我也病了”，但没有说什么病。但愿不是大病，恶病。我衷心祝愿你早日康复，健康长寿，心情愉快，全家幸福！

屠　岸

2013年4月28日于北京

木斧兄：

2014年将到，祝你新年快乐！

甲午马年春节将到，祝你春节快乐！

谢谢你的新年贺卡。

这张卡是你2013年10月12日在成都市劳动人民文化宫演出京剧《龙凤呈祥》的剧照片，你以八十三岁高龄出演乔福，真了不起！衷心祝贺你演出成功！

演员兼诗人，诗人兼演员，这在中外演剧史和诗歌史上，恐怕都是独一无二的！

祝你全家幸福，万事如意！

屠　岸

2013年12月27日

噢，有一个例外，英国的威廉·莎士比亚！不过，莎士比亚没有活到八十三岁！

木斧仁兄：

尊著《给200位诗人的画像》中有一首《流淌的十四行——给屠岸》，我已把它抄在我的日记本上。此诗语言清新，意境自然，思想亲切，感谢你的关注。

另邮寄奉拙著《幻想交响曲——屠岸十四行诗240首》，以资答谢，亦请批评指教。

有一位女评论家安旗，诗人戈壁舟的夫人，曾撰文称十四行诗乃西欧资产阶级的诗体，已成为僵尸，随着时代的过去而不可能复活。安旗女士的观点似乎有些武断，十四行诗的生命力似应由时代和历史来决定。另有一位安琪，女诗人，非同一人。

还有人说十四行诗是“洋玩意儿”，在中国是无本之木。此话也可疑。油画是外来的，徐悲鸿的油画不是中国的画？钢琴是外来的，根据冼星海的《黄河大合唱》改编的钢琴曲，殷承宗弹奏的，不是中国的音乐？胡琴不是汉族的乐器，何以成为中国的民族乐器？

海纳百川，乃成大气候！

祝健康长寿！

屠　岸

2015年10月6日

李瑛致木斧

木斧兄：

您好！

小雨带来了您送我的新著《诗路跋涉》，十分高兴。多年来，我们虽联系不多，但在报刊上每见到您的诗文总要捧读，受益良多。

这本论诗谈艺的书，每篇虽篇幅不算长，但刚翻读几篇，觉均具真知，颇多精警之处，您的诗作，有的至今仍有深刻印象。

祝贺这本书的出版。祝愿有更多新作问世（此书容当细读）。

四川大地震，兄处有无波及。念念。遥祝健康、幸福！

李 瑛

2008年6月30日

木斧同志：

喜获赠我两册新作，谢谢！

过去曾在报刊上读到您不少诗作，颇得教益。您比我年轻许多，正值创作成熟期，料定会有更多新作问世。

书，容当细读。匆此

遥致

暑安!

李　瑛

2008年7月22日

沙鸥致木斧

木斧兄：

反复读你的《回旋》，很有味道。给友人的诗我读过不少，如《回旋》者少矣！再次向你致谢。寄来的原稿当珍藏。

十二月的诗刊《七月》也收到，可惜巴金老人的手迹未印清楚。“新诗史小资料”这个栏目极好，可记社团，可记人、记事，可长可短。而这些极宝贵的史料，必将随人去而失，记下来，刊出来，就是一种抢救。一部新诗史，怎么可能仅仅是几个人的历史，没有大量的砖头，何来高楼，何来塔尖！

我的病属“巨块型肝癌”，虽又小了一点，要康复，还有极其艰难的长路。它取决于许多因素，全国每年得癌者一百二十万，而死亡者一百万之众，所以，我既乐观又不能大意。

寄上几首小诗补白。

我的诗集《一个花荫中的女人》收到否？

祝好！

沙　鸥

1994年2月27日

木斧兄：

大作诗集及照片收到。非常感谢！

我前些时感冒，没想到竟牵动了全局，引起肝区疼痛，全身疲累，住院多日，近日已渐好，故回信迟了，请原谅。

《我用那潸潸的笔》还没有细读，从读过的诗中，我偏爱你的小诗，也许是我写惯了小诗的缘故吧，如《家》《井》《笋》《海》《失眠》《驿站》《日出》《碑林》《等待》《想你》《回旋》《题画》《题碧水寺》《阁边小屋》《最后一场梦》，这些都是我极喜爱的小诗。我认为这些诗不但是你近十年的精品，也是当代诗歌近十年的精品。

我真想为这些诗写一篇文章，谈谈这些诗的艺术特色，谈谈你的风格，愿我的病能进一步好转，以实现这一愿望。

我的诗集《失恋者》已出版，这次当亲自包装请人付邮。

祝好！

沙　鸥

1994年9月10日

木斧兄：

我患肝癌，到北京医治，你的短信及报纸刚转来，未能及时复兄，非弟之过也。

诗刊宽松醒目，好诗又多，很值得花点力气编下去，如能坚持半年、一年，必在全国产生影响。

我抄近作三首，供你选用。

我的地址是：（略）

全家好！

沙　鸥

1993年10月2日北京

木斧兄：

这一期的诗页收到了。一期集中发几位诗人的作品，是一个好办法。这比漫天星要强一些，给读者的印象也会深一些。我有一个建议，因诗页篇幅太小，以不发表文章为宜。

不知你与成都出版社的某位头头，有无较深关系，如有，而你也有兴趣，我很乐意与你共同主编一套诗丛，6—8本皆可。这自然有许多具体事，但出版社的兴趣，却是要害。望兄思之，图之。

祝好！我的情况尚好，恶疾战胜之日，当为兄作一短文也。

沙　鸥

1993年10月27日北京

邵燕祥致木斧

木斧兄：

您好！

又收到惠赠诗选，极高兴！我又见到了“真实”的木斧，除了书评中不羼水勾兑不舞文弄墨，最简真性情的短文外，封面上的木斧也是真实的，不是“蒋干”！一笑，短文难写，盖见可贵。匆祝

唱戏玩票也

“票”安！

燕　祥

2002年7月16日

木斧兄：

你好！

还是地震前收到赠书，迟复为歉。

大作容细读，涵涵。

兄无论为人，作文，写诗，演戏，贯穿着热爱生活的红

线，令我羡慕并感佩。唯其如此，定能健康长寿。

成都市民有惊无险，闻均已回家安居。一番大震，灾祸频仍，心多感慨，而无可奈何。

专此顺颂

全家康宁

燕祥　拜

2008年6月14日

木斧兄：

你好！

来信拜悉。因我双耳全聋，无法电话回音，只得写信，我也是久疏问候，多次获赠书，知有时吟诗，有时“票”戏，可谓洒脱，深以为慰。

来信附片段文章亦拜读，对我奖誉之词，令我惶愧。因思如兄书中不收关于我的篇目，我自可遵命勉力写一小序，然兄书中青睐于我，而我作序便不适宜了，此情当蒙理解。

来信的评，我大体皆有同感。但于今日诗坛，我向不敢做全称判断，盖各样的人，多样的诗，官意民心亦各不同，不好笼而统之，一锅烩也。所说韩作荣，据我接触，除好烟酒（无足深怪）外，朴实勤恳，似不可与兄心中涉及的另两人相提并论。不知当否？

匆此，祝

身心清健

全家节日快乐!

燕祥　拜

2014年9月5日

白莎致木斧

木斧兄：

您好。

青岛高温，百年罕见。亏了十一号台风，招来一场暴雨，气温下降（30℃）才坐下来写信。

您的诗集、诗论诗评我读了一遍。视力差，一首一首地读。总的感觉是清新纯净，动我胸怀。我是凭直觉读诗，许多作品和评论，都给我一种“正合我意”的感觉。读您的诗，是一种乐趣，是一种享受。40年代的诗，震撼人心，我有同感（那个热血沸腾的年代，我们都经历过）。80、90年代的诗，更是耐人咀嚼，意趣无穷。远山隐约，灯火闪烁，一片彩霞，直通天河。这两年，我收到不少诗集，有的诗，我领会不了，有的诗，我读不下去。读您的诗则不同，直觉有一种吸力，读之清爽，品之有味。写得好！好在哪里？我不懂理论，不会分析，说又说不出个所以然来。说“好”，只是我心里感受到的，可意会不可言传，恕我言拙，先写到这吧。您的诗论、诗评写得好，写得活，用散文诗的语气把评论写活了。不但我爱看，连我的老伴（她是医生，很少读诗和诗论）也被吸引住了。感谢您的赠书，感谢您的盛情厚意。

《中国新文艺大系1937–1949诗集》我已收到。《中国现代诗库》编辑来信，我汇去78元，一个月了，书还未寄来。

苗得雨有信来，他对微型诗产生了兴趣，寄来一组29首。王尔碑也写来热情洋溢的信。见面时请代致意。

祝

近安

白 莎

1997年8月23日

高缨致木斧

木斧：

……两本大作，是您以心血浸泡出来的文字，现置于我的案前，向我倾泻您奔腾不息的情感。您一手抒情，一手叙事，又将两者融为一体，这不但表现了您坚韧不拔的创作个性，也表现了直到晚年仍一如既往的创作激情与不熄的灵感。我们这一代作家受尽了摧残折磨（您的经历就是一个注解）但终是不屈不悔。您这二十年里不断出作品——诗、小说、散文……而人又是那么淡泊、无私，为名为利，您都远远拉开了距离，我对兄总是感佩在心的。

拜读了您的《书信集》中赠许多诗友的诗，都很真诚，是掏出心来说话的，大多诗意很浓，我很爱读。给我的一首，好极了，我非常喜欢“一粟”这个命题，我的人生观也是如此，我们不过是人民的一份子而已，不像有的诗人，把自己看得多么伟大，好像20世纪就属他了不起！太可笑了，归来相聚时倾谈吧。

紧握手！

高　缨

2004年4月19日

谢冕致木斧

木斧兄：

在炎热的夏日里得你的《书信集》，身边骤然清凉了。你寄友人的诗简中，有许多我熟悉的身影，你的诗句重现了他们的声容笑貌，更重要的是他们的气质，如牛汉是一只受伤而又坚强的斑斓的华南虎，而“虎的性格是永远不会改变的”。应该感谢你，你把许多朋友永恒地保存在诗的世界中了。方今世界，金钱至上，能够如此钟情于纯粹的友谊者，是很稀少了。在《书信集》中，我看到了那超越世俗的真情。

我已于今年退休。退休后，学校方面还有一些事情，但已无教学、科研方面的压力，获得了自由，可做自己想做的事。

匆祝

笔健！

谢　冕

2000年8月23日

欧阳文彬致木斧

木斧同志：

你好！收到大作《汪瞎子改行》，非常高兴，衷心感谢！

这本书让我看到了作为小说家的木斧。虽然只是选集，并非全貌，已可看出你的创作道路和艺术特色。早年的几篇，真难以相信是出自十四五岁的中学生之手。原来你还是一位神童。失敬失敬！

和你相比，我写小说只能算客串。你的《小说观》写得那么实在，那么亲切。如果我能在二十年前读到这篇文章，或许我的两部小说会写得好一些；也或许我会放弃从事小说创作的念头。“如果”毕竟当不得真。遗憾的是我们相识得太晚，而且是编辑和作者的关系，也可以说是公事往来吧！

近半年来，发现眼疾病变，黄斑和视网膜、视神经都在衰退，这大概是糖患病人难以避免的并发症。为了保护眼睛，已不再摆弄电脑，并决定“封笔”了。看书报的时间也不得不加以控制。尊著尚未读完，就以读过的篇章来说，我更喜欢上篇的作品。我赞成龚明德的意见，在他的文末指出的“他们那一代人大多如此”更是发人深思。

我感到纳闷的是：你为什么用现在这个书名？是由于偏爱这篇小说还是另有含意？

祝你在新的世纪实现自己的愿望，在艺术领域内尽情潇洒！

文　彬

2000年4月5日

流沙河致木斧

杨莆同志：

来书收悉。你问的那件事，使我万分惭愧，并为此事负疚多年，有罪有罪。大作剪贴稿本，曾一直代为珍藏。1966年5月，被迫回老家之际，将尊稿置诸箱底，由蓉带回家中。三个月以后，风暴来临，可敬的红卫战士夜袭寒舍，翻箱倒柜。尊稿与我的旧稿以及五百多书被席卷一空。彼时我呆立一隅，欲苟全残躯，不敢有微词。呜呼，遂成永诀矣！十年之后，曾多次向有关部门查询下落（去年年底还向本县统战部门提过），竟片纸不归。于是只好正确对待了。真相如此，愧达尊听。君恕之！

余勋坦

1979年6月4日

斧兄：

恰恰相反，人家告诉我说那里抵触甚大，不肯给我改正。这几天我正在为此生闷气。不知你何所据而云然。乞示其详!

谢谢你!

河

1979年8月26日

斧兄:

信悉。命途多舛,为兄一叹。事有机缘,由不得人。等着以后再拜读新稿本吧。但旧稿本说不一定将来仍有用处,兄其妥善藏之,勿使散失。

现在写诗亦有许多苦闷,于我已入沉寂期了,所以才会去看理论。晏明同志我已去信解释,确实无诗可寄。

流沙河

1984年2月16日

斧兄:

劳你信告,谢谢了,此事我早已收到过一封信未作复,因为离婚已一年了不能欺骗读者,还得再烦你复信给艾以说我不同意。

流沙河

1991年12月29日

莆兄：

信悉，谢谢你的褒扬。文章读了，尚不满足，尽是糖，欠酸辣味。我大约在本月27日离此去京。叫带的话当然带到。《故园别》一百册尚未收到，友人皆未送也。

目前忙于赶文章，逼死人了。

握手

流沙河

1984年4月20日

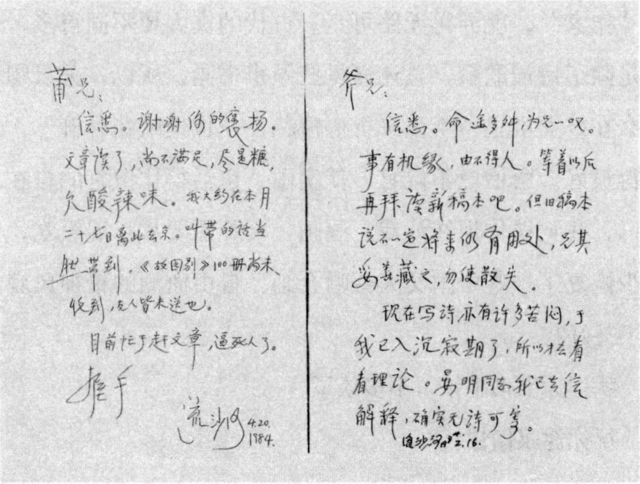
莆兄：

信悉。谢谢你的褒扬。文章读了，尚不满足，尽是糖，欠酸辣味。我大约在本月二十七日离此去京。叫带的话当然带到。《故园别》100册尚未收到，友人皆未送也。

目前忙于赶文章，逼死人了。

握手

流沙河 4.20. 1984.

莆兄：

信悉。命途多舛，为兄一叹。事有机缘，由不得人。等着以后再拜读新稿本吧。但旧稿本说不一定将来仍有用处，兄其妥善藏之，勿使散失。

现在写诗亦有许多苦闷，于我已入沉寂期了，所以才去看看理论。易明同志我已去信解释，确实无诗可寄。

流沙河

石天河致木斧

木斧兄：

看到你在书画展览会上的照片，觉得你的精神状态很好。那画，虽然还不足以名家，但作为文人画来看，仍然有能够传神的特色。早些年，我对我们这样的文人，就有过一些“太过单纯、太过低能”的感慨。我们过去完全靠做“革命作家”拿工资过日子，一旦人家不要你“革命”，不准你当“作家”，就弄得无路可走。古代的文人要不同得多，一般是除了诗词歌赋，总还懂得些琴棋书画。所以，关汉卿就那么在妓女堆里“半生来折柳攀花，一世里眠花卧柳”，也活得很好。唐伯虎不做官，就卖画，也活得比做官的自在。所以，我觉得你现在演戏、画画，既不需要靠它混饭吃，又多少恢复了一些中国文人会唱会画、自由潇洒的精神风貌。岂不甚好？

我正为出书事忙，不多谈了。

祝你健康愉快！

石天河

2002年10月15日

木斧兄：

……目前，诗即使写得很好，也是不容易得到赏识的。彭燕郊一生写诗非常认真、执着，他的晚年，人际关系也很好，得到许多中青年诗人的崇敬。但是，在当代中国，他一直还是感到孤独和寂寞。去年冬，他来信，叫我为他的长诗的单行本写一篇序，我写完寄去，他回信非常高兴，说我是他的知音。于是，我就等着他那本书出版。谁知道，等到了三月，他竟然去世了。我本来想等今年过年时回湖南去看看，和他见个面。这样一来，就弄得“十载神交，缘悭一面”了。

石天河

2008年10月12日

木斧兄：

大作《给200位诗人的画像》收到。你这个集子里的诗，比你过去的诗，显得更老练、更富于人情味。我觉得，这集子里的诗，似乎更能表现你的个性。因为我在文学界的工作时间很短，所以，也说不出更多的感受。我只觉得，你写给绿原的第一首和写给梅志的第二首，写得最好，写给牛汉的那首也独具特色。一般的，我感到，这些诗确实使人体味到其中有朴实亲切的友情的涵蕴，也挟带着世纪的风云、暗夜的寻思与辛酸泪滴。

还有，那个杨汝絅，我记得，《星星》的祸事最初是没有牵扯到他的，后来我们平反时才听说他也被整在一起了。但似乎他复出后才又发表了一两首诗，便突然听说他死了。你是否知道他遭整以及突然死去的某些情节？盼见告。这个人的诗是写得很好的，在《星星》当时发表的诗作中，我觉得他的《诗简》是特具“诗情蕴藉”之传统风格的。这个人，确实如你所感到的，好像是“悄悄”地来、“悄悄”地走了，竟没有来得及留下多少作品，这个人太可惜了。

你接连不断地出版了很多部作品，每一部都各具特色，真的可谓不虚此生，比我强多了。我这辈子，算是全部打了水漂漂，活了九十岁，没有正儿八经出过两本像样的书。我实在不甘心，想在最后这几年，再出一部自选集，还不知道能不能做到。

祝你新年愉快！长寿健康！

向嫂夫人及你们全家问好！

石天河

2016年1月10日

孙玉石致木斧

木斧并杜谷同志：

意外地收到我久已盼望的四十年代诗选《黎明的呼唤》，真是高兴极了。对于你们这份珍贵的馈赠，我表示深挚的谢意！

这馈赠，不是给我个人的。我相信凡喜欢诗的同志们，都会为你们做的这项值得纪念的工作而感谢的。它继《九叶集》《白色花》之后，是新诗史又一个值得振奋的出产，而且更广袤，更丰饶，也更宏阔！

我们这些后来的晚辈，对历史的艰辛和丰采，是很陌生的。加上多年来一些思潮的影响，使得一些被公认是公正的文学史著作，也变得那样狭窄，不能给人以历史全貌的线索。而那段黎明前的黑暗时期的诗歌，更被长久地忽略了。少数的讽刺诗如《马凡陀山歌》，几乎成了国统区新诗的全部。近年陆续出的一些选集，使人们开始打开了自己的眼界。这一部《呼唤》的诞生，将会更加扩展人们的历史视野。让人们看到，历史是怎样丰富多彩！前辈的诗人们是怎样在战斗和歌唱，我们的艺术传统又是怎样的不拘一格，道路宽广！

我翻过一些新诗史的材料，但这本选集中许多人的名字，他们的诗，也是我从未闻见过的。那些在大的杂志报社上无法找到的诗篇，如今能重新与读者见面，这项工作本身，就是一件了不起的贡献！

读了你的两首诗，非常喜欢。《献给五月的歌》，使我想起田间，想起陈辉的《平原小唱》，但又感到这里更有木斧同志自己个性的声音。那清新，那单纯，那热情，那愤怒和向往，令人想起当时的情景。杜谷同志《春天的拱门》，读起来倍感亲切。“山那边呀好地方”这多年的歌声，又被唤起来了。这诗的想象简直又可以说全集子也都不多见的。“月亮象新编的草帽一样……”一句，很美，一读即忘不了。读这诗集，风格、流派，各式各样，给人以琳琅满目、美不胜收之感。虽也有个别的诗，意胜于文，粗一些，但那是枪，是匕首，那是精雕的花瓶不能比拟的。

粗粗看了一遍，收益不小。再次感谢你们赠的感情。我正在上新诗的课，这一帚送炭的礼物，我将铭记不忘的！

你们都是前辈的诗人。多盼能更多地听到你们的歌声啊！不公正的历史曾禁锢了一些战士的歌声和翅膀。现在人们高兴地在听，在看，他们又重新翱翔和歌唱了！因为，他们是“会飞的蚕”！

孙玉石

1982年9月9日

木斧先生台鉴：

您亲自惠寄赐赠的大作《150个诗人的画像》，我已于前时如期收悉，请释念，并向你表示真诚的敬意和最深的谢忱！书中先生题文问及以前托马德俊转赠的诗作，亦平安收悉，为我所珍存。

弟对先生的为人为诗，一直怀有真诚尊敬的感情。在成都等处匆匆晤面交谈，于先生的耿直不阿而厚爱于人，朴实写诗，不饰雕琢、追求诗意韵味。我曾写过先生《春蛾》《豆腐》两首小诗的读析文字，虽然努力走进先生的构思风格，却仍然未能理解先生所蕴蓄的真意与另一番诗义。重读自己的文字，自有一种惭然之感！

先生大作积几十年的心血，努力探索书信体诗的艺术形式，获得了十分可喜的成绩。我特别读了我所熟悉的诗人的多首画像似的佳作，不仅感到十分亲切，而且都凸显了他们的诗人和诗艺的人性，特别是给曹辛之先生、给牛汉先生两首，我觉得是赠人诗中之极品。两人我接触受益较多，我还获曹先生亲手刻赠的图章一枚。您从刻印入手，将曹先生的诗魂和不幸命运，句句雕刻般写出，一代诗魂艺魂尽在不言中，读之韵味无穷。

先生实践之书信体新诗，此前我最喜欢的是三十年代戴望舒与金克木两位的赠答，人生诗趣、哲理、友情，尽在其中，可传之久远而不朽。此后诗园虽然仍有佳木花香，但未有超越者。

读了您的此番历经几十年的杰作，又备尝人间风风雨雨，这种人生与世事阅历以及交游视野的机遇，给您的这部书信体新诗的结集，带来了新的生命分量和勤劳耕耘的光亮，当代诗歌历史，也会增添一份新的一番亮色的。

偶翻旧时杂志，在1949年第一卷第5期、第6期《文艺与生活》杂志上，得署木斧之两份作品，分别是《此路不通》（独幕讽刺剧）、《五月的道路和我们的歌》，因只能阅目不能读文，提供您参考，也许您已有存留；若没有，我可以让学生设法下载原文。我自己去年一年里发病，现为不愿治疗，带病生存，一切尚好如常。仍在写作，但均为迟暮之年之挣扎，做不了什么大的事情了，请能释念！

谨此祝颂

大安！

玉石顿首

2001年8月3日夜

杨蕾同志：

赐寄的大作已收悉多日，到今方复信，请谅！没料我积劳成疾，去年酿成的心脏病又复发，拖拖拉拉喝了百来副“苦水”没有解决问题，骤发性心绞痛，只好进医院治疗，已近十天，我的床头放着您的大作，常常翻阅，这笔债是要

还的，看来眼下不成，待我好了出院再说吧。唐祈生主编的词典至今仍未见到，人去楼空，可悲也夫！趴病榻写此信，不多述，匆祝

安好！

玉石敬书

1月18日

刘岚山致木斧

木斧兄：

《十个女人的命运》曾寄您一本，料早收到。出版社的样书不知送了没有？我自己也买了一本，因忙，最近才拜读完，为您这位诗人、小说家、京剧家、京剧演员的多才多艺的卓越贡献深受感动，极为敬佩。

这部十个女人的传记性、性格化的小说，写了一百年左右、四代人（根据张大明所说，他的序言论说得很详细、很好；我没有仔细推敲，读时也未留意）的故事，真实地反映了近百年来南迁回族的历史，这是弥足珍贵的，值得流传的。

小说写的是十个回族妇女的片段，但却较完整，人物也有性格，语言则诗意葱茏，特别是一些插话，为普通小说所少见；还有其他许多特点，张大明先生都说过了，我就不重复了。

南迁的回族妇女历史如此，这是值得研究中国回族历史的人注意的。对于回族历史，我是一个盲人，读过这本书算是开了眼睛。我的故乡的县城里、我的中学老师、我的许多同学中都有回族，作为一个民族，他们很团结、很强悍、很守教规，但经过抗日战争、解放后的各种运动乃至“文化大革命”，这种情况已经有所变化，因此，对于您这位回族友人，我没有注意过，这是应该批评的。

此书仅印两千册还不到，这叫人无可奈何，有何办法呢？诗人是珍贵的，小说家也是珍贵的，但都是贫困的，也许还要更穷困；演员也许好一点，我不清楚，姑妄言之。中国古代读书人，不做官就去种田，陶潜不就是这样吗？现在的读书人老了还有退休金，还有各种活路可干、可走，较之古人优厚多了。

溽暑临头，不时有暴雨，北京如此，成都当好过点。

匆匆，为您全家

祝福

岚　山

1993年7月18日

木斧吾兄：

2002年7月夹在《木斧短文选》中的大作收到，十分高兴，万分喜悦。吾兄以老身不畏艰险，学、演京戏，名扬海内外，是一大奇迹！京戏将因您而增色，文学将因有您而放异彩，您是中国的奇才，也是我们时代的光荣！

我因左腿失灵而不能走长路，只能坐着手推车，由雇工推着上街，看着芸芸众生，好不繁华！可是我已老朽，只能看着，不能有所作为，真是惭愧!

我今年已八十四岁，回顾一生所走路程，真是热汗如雨，共和国已走过五十三年，而我依然故我，仰看长天白云过隙，真不知如何过去。

老友纷纷离去，连亲爱的妻子也撒手而去，剩下我这个孤老头子，饱看故国河山，能不凄然？凄然能活下去吗？不能！必须恢复30年代之豪气，勇登泰岭，视崎岖小山如平地，长驱直入，直至底谷，这是我的人生之路，也是我的人生目的。

我不想有权有名有位，只想做个普通老百姓，不希望活一百岁，但也拒绝听天由命，如是而已。

峨眉山有一段路，上如登天之难，下如临地狱之险，我由东边上山，下山却由此而下，旁边没有栏杆，下一步如坠深渊，我终于爬到底层，回首上望，给我终生留下了难忘的印象！我曾写有一诗记载此次险情，并曾发表，可惜不曾找到，仅存记忆。

匆匆此致

敬礼！祝福您老

健康长寿，福寿双全!

刘岚山

2002年7月29日于北京

木斧吾兄：

4月20日信及尊著《不醉刘岚山》收到，十分高兴，十分快活，十分感谢。永志不忘！

我已复印五份，分赠亲友，与他们同乐，与他们共享！

您晚年演戏，自得其乐，非常之好，但也不是“写诗写腻了，丢了笔杆子”，而是另一种新生活的开始，必将有所升腾，必将大有所为；1279年逝世的关汉卿、元代的王实甫、1564—1614年的莎士比亚不都是搞戏的吗？我希望中国将有大戏家木斧！

酒可以喝，但以不醉为主；我是顿顿喝，但从不醉，因为我喝得少；我祝愿诗人、戏家木斧不醉，而要醒着；不要甩下笔，而要执着；用嘴唱，也用笔写吧！

匆匆，即祝

健康第一！

岚　山

1993年4月28日

沙白致木斧

木斧先生：

大著收到，十分高兴，确如孙玉石先生所说，这本诗集葆有您的一贯诗风，真率、朴实、热情、凝练，诗味隽永，颇耐品嚼。我特别羡慕您，八十高龄尚能作海南之游，一定身体精神两健。

附录评论编目中提到的严迪昌，系我好友，原为此地教师，“文革”后在南大、苏大。五年前不幸以肺癌不治，未满古稀，令人惋惜。

即颂

暑安

沙 白

6月10日

木斧兄：

信早收到，迟复歉甚！想不到您竟有耐心读完我的那一堆“垃圾”。学诗以来，受一条“思想性第一”（或政治性第一）的束缚，无法放开手脚，总也写不出好诗。再加爱好庞杂，今天爱好王维，明日喜欢杜甫，又学卞之琳，又学艾青，总也形不成自己的风格。不像吾兄的诗明朗纯净，风格始终如一。

《瞳仁与光线》早已收读，有不少诗我都很喜欢，如《眼》《惊喜》《宁静》《一声不吭》《荣誉》《朝霞晚霞》《听戏》等等。也看到报刊上的一些评论。年轻时我曾也当过几年编辑，但那时青年刊物，且是“大跃进”年代，选稿标准便是政治第一、艺术第二。误人误已，不堪回首。相反，解放前写的一些，反被视作“小资产阶级情调”，自我否定。《水乡行》之类，曾在政治形势稍稍缓和的环境中，得以在《诗刊》刊出，但风向稍有变化，即遭批评，不得不改弦易张，去写反映阶级斗争的《递上一枚雨花石》之类。

这本文集，算是江苏作协为几个八十左右的老人办的一件“福利事业”。未及斟酌修改。这些年来的新作，更未及选入。正打算新编一本《八十初度》，作为补充。

即颂

新年、春节好！

沙　白

2007年1月19日

木斧兄：

古人将虚龄八十九岁，称作“望九”，九十在望也。

我今年虚龄八十九，春节一过，便是九十大寿了。

书前起诗一首，比较空灵，放在今天，可能就是现代诗吧！而今是现代诗之大潮，其他的，多半遭到排斥。

订了几十年的诗刊，明年不订了，无心再去读它。

即颂

新年好！

沙　白

2013年12月25日

孔孚致木斧

木斧兄：

望江楼吃茶，少了你一位。不是滋味。

我有美酒，待君共饮。你来呵！

孔　孚

1986年4月21日于济南

木斧兄：

《乡思乡情乡恋》收到，阅读一通，异常亲切，自然。我之心若小舟，随兄情之涌动去矣！

孔　孚

1991年1月4日

木斧兄：

信并照片收到。看到孔孚的字在木斧大诗人书斋上墙，感到欣然。兄不仅是大诗人，亦深知书也。

兄照，孔以为是我所见到的最好的一张。有幽默感，深不可测，若老僧人坐禅。“一只会飞的蚕”于兄领斜出，耐人寻味。咱们都应该向摄影家致谢才是。当又是“神拍”无疑。

孔　孚

1991年10月30日

1986年5月，山东孔庙，与孔孚合影

吕进致木斧

斧兄：

《诗路跋涉》收读。谢谢！

精彩，珍贵。

坦然自若，快人快语，多才多艺，诗人性情，这就是我尊敬的朋友木斧。

在当下的社会，在当下的文坛，木斧更加令人亲近，更加令人钦佩。

评论和书讯，《中外诗歌研究》下期刊出。

吕　进

2008年6月17日

吴开晋致木斧

木斧兄：

秋好！大作收到，令人高兴，你真是多产！今天把它读完，觉得很有诗味儿，人说姜是老的辣，你的诗也越写越好了！好处是短小，意深，哲理形象颇有增强，对语言的驾驭，已运用自如。全集都有一种乐观、明朗、爽快的统一风格，但又不直露，当然，有些赠答诗和即兴诗还显得粗一点，但也不能强求你了！

祝你的诗笔不老，写出更多能传流后世的诗！再祝酒艺、诗艺、健康并进！

（我已开学，给研究生上课。）

10月20日，北京有臧老九十岁庆祝、研讨会，山大参办，拟去，作协主办。

开　晋

9月11日

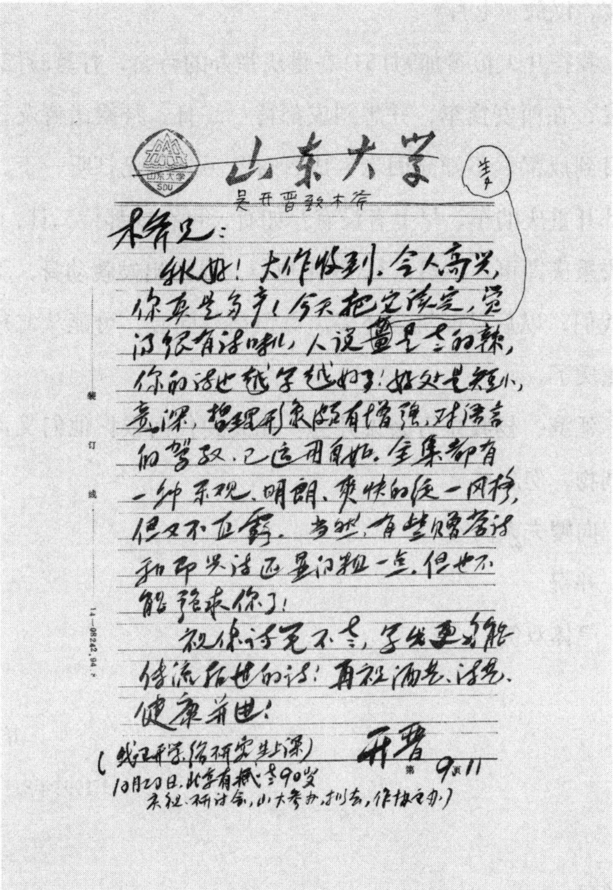

山东大学

吴开晋致木斧

姜

木斧兄：

　　你好！大作收到，令人高兴，你真是多产！今天把它读完，觉得很有诗味儿，人说姜是老的辣，你的诗也越写越好了！好处是短小，意深，哲理形象都有增强，对语言的驾驭，已运用自如。全集都有一种乐观、明朗、爽快的统一风格，但又不直露。当然，有些赠答诗和即兴诗还显得粗一点，但也不能苛求你了！

　　祝你诗笔不老，写出更多能传流后世的诗！再祝酒壶、诗壶、健康并进！

开晋　9.11

（我正开学，给研究生上课）

（10月20日，北京有臧老90岁庆祝、研讨会，山大参办，我到去，作协也办）

木斧兄：

近好！《七月》诗刊收到，多谢！版面虽小，但很有特色，诗稿短小精悍，并显出各家不同风格，过一段当为之撰诗文，以助《七月》。

我校几人拟参加9月5日在重庆举办的诗会，打算8月28日出发，在西安换车，并想到成都待一二日，拜望诸诗友，如一日到成都，不知兄回老家成行否？另外烦兄打听一下，从成都开重庆的车，早上有没有？如有，可在成都待二日，4日早去重庆即可，不然，3日晚走也行。兄该出发就动身，不必等我们，以后见面机会还多。桑恒昌等同志，可能从北京直达重庆了。

延滨、杨牧是否会去开会？如兄到代问候！他们又寄来了刊物，勿念！

向嫂夫人问安

并祝

笔体双健

开 晋

1993年8月12日

木斧兄：

你好！大函和照片收到，谢谢！到成都蒙兄导游并接待，我们几人都非常感谢！

到重庆后报刊已交方敬先生、刘扬烈、先树、恒昌和杨山先生。诗友们都问候你！

有机会再到山东来，当好好叙谈！

我也向孔孚先生转达了你的问候，他很高兴，身体恢复也不错！

向延滨、马加诸位问候，忙过这一阵也评评他们的诗作！也将给《七月》写点小诗小文。

向全家问好！并祝

秋安

开　晋

1993年10月8日

木斧兄：

好！寄去报纸收到否？《读书人报》还出吗？

兄写母亲文章，已在《我的母亲》一书中见到。原来以为没约你。

伏天是否又去西北了？

孔老师快出院了，因输血进了肝炎病毒，才又住院。

在《鸢都报》上见到兄的文章、照片。

公刘同志曾来济，诗友们聚了一次。

祝

夏安

开　晋

1994年7月28日

木斧兄：

你好！大作二册收到，多谢！兄在少数民族中创作成绩卓著，令人称羡，原寄几册书，前本已细读过，后因住院一月（闹供血不足），加以又筹备一个学术会（22院校当代文学）文章未曾写出。恰又收到大作，9、10月份争取写成。不知宁夏、四川诗界或学术界刊物易发表否？文章完后，再联系。北京近日正好有个诗歌理论会，社科院、北大召开，有四十人参加，会间还可和有关学术刊物联系一下。济南的诗友常念及你！顺祝

撰祺

开　晋

1995年8月13日

木斧吾兄：

你好！首先祝贺大作“短文集”出版，再感谢吾兄深厚情谊，弟当认真拜读。王展的过几日转去，能与他见面。明信片剧照也很精彩，我想此书后边如加几幅剧照当更精彩。不过那样一来，成本就高了，出版社会不愿意。

弟回来后又搬了一次家，并忙了一段文学史教材的校订

等。盼与兄再次聚会，向嫂夫人及四川诗友问安。

祝

夏安

开　晋

2003年7月5日

木斧兄：

你好！《百丑图》收到，令人惊喜，具有独特的审美价值。因我内人肺纤维化导致肺功能衰竭去世不久，待沉静一段，再细细拜读并撰文。

和马德俊兄常有通话并见面。

见到雁翼先生、尔碑大姐请代为请安！周二报收到了。

祝吾兄

健康长寿

开晋拜上

2009年7月13日

文晓村致木斧

木斧先生：

3月25日信敬悉。所附《妙趣横生》剪报，亦同时收到拜读。谢谢你的夸奖，我们老祖宗数千年来心血创造的文化，大部分都是智慧的结晶，今人不加深思，一味崇洋媚外，感慨良多。《婚礼辩》只是借题发挥而已。经你这样加以点评，便是锦上添花，更多光彩了。真的，心有灵，虽然相隔万里，自能共鸣灵通，诗人文学家虽然没权没势，但在这方面，却是拥有心灵的特权，可以自我安慰也。

继北京版《文晓村诗选》之后，我又就此书略加删增调整，定名为《九卷一百首》，在台北新成立的诗艺文出版社以第一本书精印出版了。3月26日第一批寄赠大陆诗人朋友101本，四川省有你、流沙河、杨牧、杨山、吕进、毛翰等六位。茜子先生，也是我很敬重的诗人，他曾在《葡》刊发表过《飞瀑》等诗作，我很喜欢。

该书附录有我的《生平》，等于是个人的传略。相信吾兄可以从中更深入地了解，苦难不曾把我打倒。诗是生活的化身，亦是人生理想和艺术境界追求的见证。我们是同一时代的过来人，诗的生命大同而小异。暇中，若能有拙诗引起兄之共鸣，盼挥笔赐文，给予指教。我虽只读过兄之少量评论文字，但对兄之观察入微，一语中的，甚是敬佩也。如有机会到成都，定当当面再求教。

你的《戏剧生涯》之三、之四，如已定稿，请寄来《葡萄园》发表。我虽未看，相信与众不同、值得品读。

拉杂写来，竟因四十五年前同在眉山地区服务，而喋喋不休，谅不见笑吧。

顺祝诗安

弟文晓村敬上

1996年4月9日夜

木斧兄：

1月31日信及吴开晋等人为兄票戏所写的戏诗，一一拜读了。《铁弓缘》原来如此，只是委屈吾兄扮演假斯文的石文了。

诸家为兄写的戏诗中，我最喜欢杭州董培伦写的：木斧“砍诗\砍画\砍戏\集三艺为一体\天上难找\地上难觅”“顶天立地\平凡出神奇”。句中“砍”字回应吾兄之笔名“木斧”，真是入木三分的妙。结句“平凡出神奇”，有意无意间，道出了吾兄诗的风格，画的趣味，戏的叫绝。而我信中写的，“看石文演戏”应改为“看木斧演石文”才

对。请兄一笑，舍之可矣，以后若有佳句，再呈兄。顺祝，

春到蓉城祥和里

吟歌票戏尽是诗

弟文晓村

2003年2月15日

木斧兄：

1月24日来信拜收，尤其是附有《我爱〈拈花惹草〉》的妙文，我读了两遍，还念给正在整妆出门的淑嫦听，她不但听，还凑过脸儿一齐看，看得十分开心地笑了。

2000年，我们组团访问大陆，在登峨眉山的早晨，你为我送来御寒的棉衣，那个场景，她依然印象深刻。当她知道你打算用她为你拍摄的肖像做下一本书的封面时，她很高兴。但请不要忘记，要在书内提一句，那是邱淑嫦的摄影，否则，她会去成都找你算账的，说你侵犯了她的著作权，非要你赔她一牛车银子不可。（一笑！）

《拈花惹草》是我代为编辑分类，题写了书名，也有朋友说，邱淑嫦可以拈花惹草，咱们这些男人就不行。当初编辑时，是限定只要花草树木和山水风景，非自然的人工建筑和人物等，一概不选。但那“傣族姑娘”实在太美了，放在“九州采风”中，等于是偷渡，却逃不过老兄的法眼，被你提了出来，真有点法网难逃之感呢。你提出桃花李花都应该

有美女来相配，这倒点醒了我，美女岂不也是男人心中的花草呵！

2月份的《葡》刊已经制版完成，兄之妙文，留待5月份台客诗弟听部。

顺颂

吟安

弟晓村敬上

2006年1月7日

20世纪80年代，木斧与台湾诗人文晓村

涂静怡致木斧

木斧大哥：

知道你又登台演出了京戏，还请了雁翼大哥来观看，想来你们二位也很投缘，二位都是痛惜《秋水》的诗人，《秋水》有福了。

照片看到了，好好玩的扮相，可惜我没能直接到剧场来欣赏。

“秋水诗屋”已在今日交屋，容我再攒点钱来装潢，先有空屋，已心满意足了，未来的日子不好过，但不后悔。“诗屋”有您的付出，也盼望有朝一日您能争取来台，我在“诗屋”迎接您。

冬天，冷了，请多保重！我肩上的压力过大，说不出话来了。您推荐的二位诗人，都一一给她们回信了，稿子有的要等，篇幅不够，稿子太多，每期都用不完，也很为难。谢谢您的体谅。

一千个祝福

祝新年、圣诞快乐

涂静怡

2000年12月21日夜

晶晶致木斧

木斧先生：

辗转读到你在《华夏诗报》上给我写的诗评时，已是几近半年了。读过之后，感慨良深，我已年近古稀，仍在诗坛游荡，只因诗是完全主观的，写时可以只图一己一时之快，并不计成、败、毁、誉。观诗写评也是见仁见智的事，也无法百分之百地深入作者心灵，评者能够中肯地剖析诗境诗情，对于作者来说，一方面是一种隐秘的揭露，一方面也是一种相知的喜悦，因此，谢谢你。

我写诗，是由于“懒”。年轻时，写长篇，稍长些短篇，待得老年只有以着墨最少的诗自娱了。

成都，是我最熟悉的地方，她给了我整个童年的成长空间与时间，因此我想再去寻觅一些模糊的记忆。

寄上一本《曾经拥有》相信你已经看过了，那就转赠给爱诗的朋友吧。

致祝

健康愉快

晶　晶

1997年11月30日

琹涵致木斧

亲爱的木斧大家：

新春如意。

谢谢您的信，更谢谢您的诗评。我虽从年少时就写诗，但比起散文的持续不懈，写诗则断断续续的，不免惭愧。不过，总算鼓起勇气出了诗集，能跨出第一步，也是好的。

读了您的诗评，如此认真地读，让人感动，大作中，也多有鼓励，溢美之词，让我愧不敢当。

您的信，正遇到此地的旧历新年，一连放了好几天的假，邮差先生也过年去了呢，春节后才收到，非常感谢您。

再一次表示我由衷的谢意。

静怡大姐处会代为转达您的问候

祝

事事如意

琹 涵

2008年2月14日

注：琹涵，台湾诗人，原名郑频。

马德俊致木斧

木斧兄：

值1994年元旦之际，我们全家谨向你致以节日祝贺，祝你新年快乐，诸事顺心，创作旺盛，身体健康。

《十个女人的命运》我已细读两遍，第二遍比第一遍更引起我的兴趣，几个女主人公已开始在我头脑里活跃起来。我认为你如实地描绘了四川地区回族，尤其回族妇女的某些侧面，是夹墙中的回族的现实写照，没有任何贬义。相反，你对每个人物和他们的命运，都倾注了强烈的民族感情，充溢着浓郁的四川回族味道。而且你在涉及伊斯兰时是非常尊重的，笔触必充满了感情。我感觉出你强烈的民族回归意识。夹墙中的回族是艰辛的、悲壮的。这些回族妇女绝大多数是善良的、勤劳的，又是极坚强的。这是一些顽强的种子，撒在岩缝里也要挺出芽来的，我读了你的作品，使我相信，即使在一亿多人口的四川，在汉民族的汪洋之中的十万回族人是不会消失的，他们将生存下去，发展繁衍下去！小说的总色调是亢进的！

我再次读这部小说，而后写出我的一些体会，谢谢你给我的美好精神粮食。

德　俊

1993年12月

叶橹致木斧

木斧先生：

承您惠赠《书信集》，非常感谢。

您的诗一直是我所喜爱的，虽未能窥全貌，但常在一斑中深受启迪。您的直率、幽默乃至泼辣的风格，在一代人中尚属少见者。此次深以拜读类似于在诗中赠友的短章，更为其简约、明朗、真诚的情韵所动，实为新诗中独具一格的佳制。谨在此对您的贡献与成就表示衷心的祝贺与敬意。

谨祝

秋安

叶　橹

2000年8月7日立秋日

张大明致木斧

木斧兄：

读《乡思乡情乡恋》，读了几遍，就处处感受到一颗赤子之心在燃烧，在跳动。诗写得朴素、自然，都洋溢着诗意美。看不见雕琢的痕迹（诗应该雕琢，应该更加讲究艺术），分节、分行、节奏、音韵，都有相当功力。姜还是老的辣，你已进入化境，不写则已，一动笔，准定是诗（因为世上确有为数不多的不是诗的“诗”）！戴望舒论诗，说诗不要借重于音乐，而应该强调诗思的情绪的流动。他有他的针对性。我认为，内在的情绪的流动固然重要，但若同时也有自然的音乐性更好。你的有些好诗，是注重到了二者的结合的。

张大明

1990年12月23日

木斧同志：

有半年以上没有给你写信了，请恕我懒惰。一切都好吧，时在念中。

这一年，我无所事事，但也没有闲着，说不出干了什么。唯一可以报出账来的是就《二十世纪中国文学编年史》这个集体项目尽了一些力，写了不少条目，做了三十年代那部分的初稿的统稿工作。再就是对研究室主任的工作没有懈怠，既当和尚，就敲敲钟。如此而已。

这几年，我的一个显著的退化是脑子发木，兴奋不起来。回想十多年前，我一读书，就有感想就有体会（管他正确不正确），那一本《踏青归来》就是在这个基础上整理出来的思想片段。

那时节，我偶听一句路语，我瞥一眼商店的橱窗，我在人市上看那一张张缺乏文化的脸，我融化在任何一片风景之中，都会激动，都有想法，都能形成一个思想。可现在，对什么似乎都像麻木了一样。这种状况，对于一个搞研究工作的人来说，是极其危险的。没有激情，思想从何而来？不兴奋，动力从何而来?

我很羡慕你。记得有一次你在盐道街一家饭店请我吃午饭，我说写诗似乎是年轻人的事业，因为只有年轻人才富于激情，而写诗是要靠激情的。你却说，写诗的人越老越能写，越老思想越老练，技术越老道。而你在过了五十岁写的那一本诗集和诗论，就是有力的证明。你迷恋京戏，一年四季走东跑西，这都说明你正焕发出旺盛的青春活力，你争来了第二个青春！我不知道该如何是好。人们都说，脑子不用才会退化，可我也没有懒呀！但脑子发木，不兴奋，这真不是好现象。要说完全不激动也不对。对社会的阴暗面，我既毫不客气地痛写，对社会的不公平，我也牢骚满腹，愤愤不已。我说的是研究和创作。我的两篇近乎回忆的东西——《生不逢时》和《寄人篱下》，承你转给《峨眉》发了，我连写散文都那么理智，能是好兆头吗？

你向来关心我，启发我的，我向你请教。

即颂

冬安！

张大明

1996年11月17日

杨莆同志：

收到赠书《学生报人永远年青》，喜出望外。

看你为本书写的序，看你的签名，你虽八十过五，却越来越年轻，关键是心理年龄不老。

我先回答你的考问：

一张报纸的问世和运动轨迹，它首先是报刊史，是文化传播史；它刊登以新诗为重点的文艺作品，这就可寻新诗史，七月诗派，中国现代文学的历史；如若它是革命的，办报人、投稿人以此为依靠，从事革命活动，传递革命火种，那它至少又是党史的一个标点符号。

我感慨系之的是：从生理年龄来说，我只比你小五岁半，但当你已经在省报发表文学作品、从事推翻旧制度的革命活动时，我还在射洪的泥土地上爬糖鸡屎。

前些年，看你当票友，上舞台，唱丑角，看你自画舞台肖像，尤其是那题词，实在叫人忍俊不禁，每有所见，就要高兴几天。你的才华是多方面的，且老而弥坚，愈加灿烂。你那舞台剧照、你那自画像，都是宝啊！再加上你的新诗，你的小说，四大方面，哪一项都不弱！单说你小说创作的语言艺术，跟川籍作家李劼老、沙老比，跟后辈克非比，我看简直可以平起平坐。

即颂

新年春节好

张大明

2016年1月9日

严欣久致木斧

木斧先生：

您好！来信、稿件、照片都收到了，太谢谢您了，您的诚挚、热情、纯真的童心，令我难忘。

稿件我会打成字的，如果你有E-mail，下次来信请告诉我，或直接发到我的电子信箱里，这样我打完字后可给您发过去，也方便您投稿。

不知为什么，写父亲的文章尽管很多，我对您那篇《重读〈南南和胡子伯伯〉》印象最深，也使我感到特别欣慰，因为有您这样一位真正喜爱他的《胡子伯伯》的人，并把这个故事不断地讲给孩子们听。

您的那篇长诗写得也很好，充满了儿童的游戏精神，从中我洞见的是您那颗永不泯灭的童心。您对戏曲的热爱及不畏年迈勇于在舞台上实践的精神也令我钦佩。只是我早早退休，离开了《戏剧电影报》，现在这张报纸也不复存在，改成了《北京娱乐信息报》，里面还有一些关于戏曲的内容，但这些编辑门户之见太重，也是我不大喜欢他们的原因。

读了您的忆文与父亲给您的信，不禁感慨万千，千言万语不知从何讲起。我没有父亲那样的才华，写不出那样的文字，但您所做的一切让我辈非常感动。

现在还有一些文章未到，等出了集子定会及时奉上。

春节快到了，我也奉上自己的一张照片向您恭贺佳节。

不知您身体怎样，在北京有什么事需要我帮助，请不要客气。

祝一切好！健康快乐如意！

欣　久

2006年1月9日

吴丈蜀致木斧

木斧老兄：

首先向您和嫂夫人拜个早年！

您寄来的剧照照得很好，神采不凡，真与专业角色不分高下，很为您高兴！

我11月份在成都，曾去看晓谷、王火。我约晓谷同来看您，他当时人不大舒服，我不便拖他出门，便没有拜访您。后来罗湘浦告诉我说，你们一批诗人常在大慈寺聚会，我想去找您，但始终未去成。3月中下旬我又要到成都，到时定踵府好好摆一下。

您对写字一道不甚感兴趣，所以未将我的拙集奉赠。下次来成都时定补赠一本赎罪。

附赠照片，是1995年10月在上海大观园薛宝钗的卧室门外照的，请留做纪念。

敬祝

春节愉快，创作丰收！

弟丈蜀拜

1996月1月29日

木斧兄：

5月19日来示奉悉。我因事忙，迄未来成都，但迟早总要来的，到达后定好好摆摆。

您令我写报名，岂敢推辞。现写就随信寄上。如不合用，扔之可也，我不介意。

匆匆，敬祝

府安！

弟丈蜀拱手

1996年5月25日

20世纪80年代，吴丈蜀夫妇在木斧家中

李一痕致木斧

木斧兄：

现逼着把征稿工作启动了。

成都片征稿、选稿、定稿工作，全权委托你了，请你向成都诗友问好，请支持，请自选佳作。凡你选了的，就算定稿，最后汇合编进集中去。你也要自选好诗。

辛苦你了！

匆匆

祝健

有问题请你全权解决。

李一痕

3月15日

木斧兄：

大作《百丑图》画册收到，谢谢赐赠，使我晚年孤寂生活中得到您的艺术的享受。您画册中的“百丑”，历史里的丑，古典京戏中的“丑”，现实生活中的“丑”，通过作家、画家笔下的再现，创造了艺术美，这种美，给人的欣赏的兴趣，同时，也给人以美感。您把诗意和戏味，揉和在您的艺术中，这就是您的戏画丑角的特色艺术。您不仅是画的原作者，也是“丑戏”角色的演员，这使我想到我在国立艺专学画时的一位老师，他就是关良，您可能也知道他的艺术，我为您的艺术成就而羡慕而高兴！

近年来，我极少与诗友们通信联系，主要原因，一是自己多病，为气喘住了两次院，二是老伴多病（肺积水……）也住了一年多院，在家倒床半年多，已于今年5月11日逝世，为治病和尽责在床边护理，我几乎与文朋诗友失了联系。我没有告诉我的艰难，希望得到友人的谅解。

关于原草（原名李金明）的通信地址，过去忘记附告，现抄于下面（略）。

匆匆祝

健！

痕

2009年7月31日

晓雪致木斧

木斧兄：

信收到一些日子了，中间我又去外地两次，回来后想与韩旭联系后才回信，但一直找不到他，编辑部也无人接电话。因平常我与他们没有联系，只好告诉你韩旭的电话，你抽空直接拨电话试试：（略）

颁奖前后他们均未通知我，事后得知奖金分配是：两部中篇小说，每部三万元；一个短篇，两万元；一篇散文，一万五千元；我们七个作者的七首诗等于一篇小散文，共分一万五千元。

我也于去年11月办了退休，《诗的桥墩》我有机会当推荐。寄上书签。

握手！

晓　雪

1998年10月6日

木斧兄：

收到你惠赠的《戏装自画集》，非常高兴！

这本精美的名家名作，显示了你在另一方面的出众才华和聪明智慧。你古稀前后在戏剧表演和美术创作方面“爆”出的奇光异彩，不亚于你的诗文。你的第二度艺术青春像第一度艺术青春一样光彩照人。请接受一个诗友的衷心祝贺！

预祝

新年快乐，万事如意！

晓　雪

2003年12月15日

雁翼致木斧

木斧老兄：

《瞳仁与光线》的出版，不想祝贺，因有更重的期待，你所说的“我承认我说了一句不该说的话”，会有更美的诗集伴随着你的生命。这部诗集我是从尾部开始的，你的“访谈录”不仅说透了你的诗格人格性格，更实际化了你的诗和你的生命合成一体的种种，因而我才敢有更重的期待。至于你这部诗最吸引我也最惊动我的是第二辑的十三首诗。其他的诗，别的诗人也许会写出来，而这十三首诗只有你独有，而且把“舞台”扩展到更深更广更具有哲理性。

住了十多天医院，归家先写这封信，似乎我仍在医院中读着你的诗治疗自己。谢谢。

盼保重！

雁　翼

2006年10月7日

木斧兄：

读了你的十九首诗，情思难忍，便急就了这篇短文，不敢写长，读者要读的是你的诗。

诗人都是主观主义者，你主观了这十九首诗，我也跟着主观成这篇小文，不当不准之处，你就主观的原谅吧！

珍重再珍重

雁　翼

9月10日

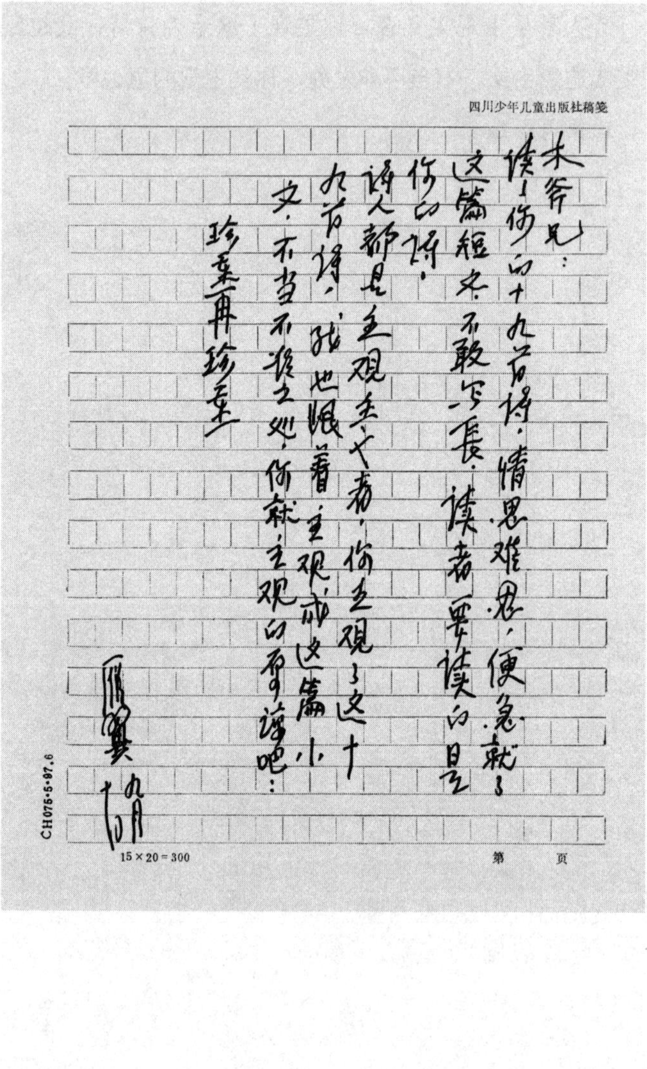
四川少年儿童出版社稿笺

木斧兄：

读了你的十九首诗，情思难眠，便急就了这篇短文。不敢写长，读者要读的是你的诗。

诗人都是主观主义者，你主观了这十九首诗，我也跟着主观，成了这篇小文，不当不足之处，你就主观的原谅吧！

珍重再珍重

九月十日

CH075·5·97.6

15×20=300　　第　页

20世纪80年代与雁翼合影

20世纪90年代，雁翼和木斧在火车上

刘福春致木斧

木斧先生：

新著《百丑图》收到，谢谢你出了一本这样有特色的诗集，更谢谢诗集一问世就能送我。

真羡慕你，羡慕你的“老不正经”，这是一种境界，更是一种难度。

祝

愉快

福　春

2009年7月21日

刘章致木斧

木斧兄：

您的诗和您总是那么年轻，为您祝福！因病因忙，才给您回信。写田间文已寄何理同志，勿念。

此致

秋安!

刘　章

2009年10月27日

一把木工斧，砍出“百丑图”。诗友捧手上，“美哉！”惊呼。

读木斧兄“百丑图”。顺笔溜

刘　章

已丑秋

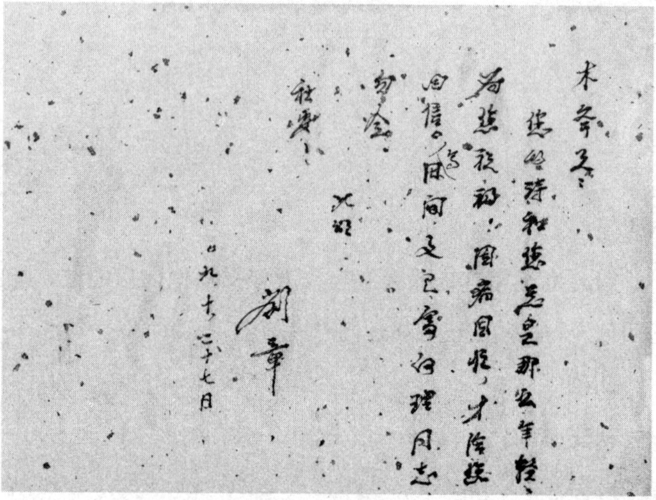
木斧兄：
您的诗和您总是那么年轻，
为您祝福！因病住院，才给您
回信。代问文史馆白理同志
勿念。
此致
秋安！
刘章

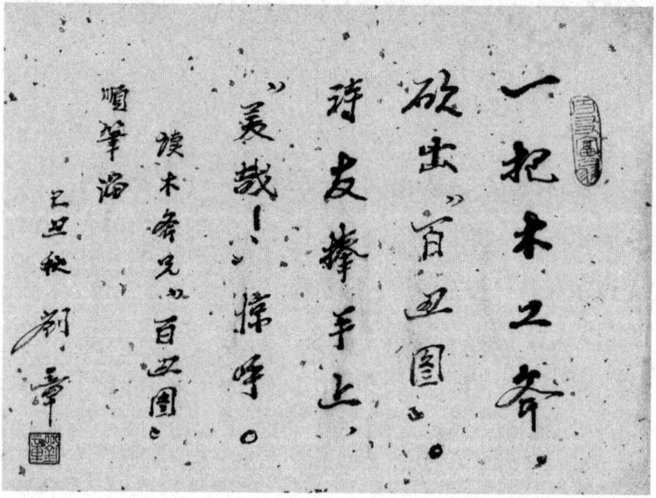
一把木工斧，
砍出"百丑图"。
诗友攀手上，
"美哉！"惊呼。
读木斧兄《百丑图》
随笔
己丑秋 刘章

沙陵致木斧

木斧兄：

久未通信，念念。

前次，兄寄赠的《七月》读后极喜。兄以《七月》为副刊名，就这一点，可谓有胆，有识，有力。它体现了诗人的我行我素的气度和襟怀。

近年，大陆和台湾的某些所谓的“诗家”和“评论家”公然在其鼓噪中，否定了三十年代和四十年代的大陆诗人（包括七月派）。如果不是出于无知，那就是别有用心。现在，有为数不少的大陆青年“诗人”和台湾一些人遥相呼应。他们不只是把抗日战争前后的艾青、田间予以诋毁，而且连抗日战争和解放战争中的“七月派”也妄图抹掉，对“新月派”和在此之前的冰心也持否定态度。从他们编辑出版的《诗学季刊》上看来，中国新诗只有余光中等人了。奇怪的是大陆上的一帮青年也持此观点。在此时刻，你高举《七月》这面大旗就更有深透的意义了。但愿《七月》永存。在此，特向你致以兄弟的祝贺。

我们年纪都已大了，应注意劳逸。尔碑大姐的诗，只在

《玉垒》上读到，精美，比以前的诗更空灵，如花上之露，如蓝天流云。它已具有自己的韵味。可惜见到的甚少。读到她的诗，才深感到自己是可望而不可即。

本想毛遂自荐，给《七月》投稿。但深知自己的东西难登《七月》殿堂，故而不敢妄举。

不知你还记得，兄曾答应为我刻一印章？如果有，我希望能得到它。

不赘述，再见。

握手

沙 陵

5月11日

周峄致木斧

木斧同志您好！

在非常意外的情况下获得了您的信息，真是感慨万千！记得，1954年我找过您，1960年曾经有人远道来到北大荒——嫩江找我了解有关您的情况，因为我在历次“交代”材料中都提到一位叫木斧的青年对我投奔解放区参加革命起到了决定性作用。

1979年落实政策回到部队（武汉军区空司）再一次提起当年启发我起义的木斧，这些搞外调的先生们都不肯向我透露半点您的消息。在那个特定的年代里我相信您也逃脱不了“挨整”命运。

1991年7月离休后，通过大连文联主席与成都文联联系寻找木斧，他们回信只介绍您的几本诗集作品，有关您的具体联系渠道仍然一无所知。后来，1999年我开始学习电脑，学会上网搜索，那时有关您的情况介绍并不详细（也许因为我不会操作），我只好给您写了一封信邮寄到成都市文联，大概一个多月左右，这封信签署：“无法投递，查无此人。”被退了回来。

光阴荏苒，转眼间又过去八年、九年。没想到已经从记忆中逐渐被淡忘了的老友能够在一次偶然的情况下“相遇”，可谓：今生有缘!

通过陈麟章先生夫妇给我们铺砌这座断塌近半个多世纪的断桥，使我仿佛又回到了凤凰山我们第一次相会和1949年12月成都解放后在民航的一次共餐。

当我得到您的消息之后，又一次在“百度”网页上搜索“木斧”，这次让我了解了您更多往事及浏览了您上百部著作，知道您在中年同样遭到20余年不公正待遇。但您仍然是多才多艺的文学家、艺术家、诗人，看过网上介绍后使我肃然起敬，假如没有那20年，我相信我所认识的木斧一定是一位大文豪，可惜，遗憾！！！

我于本月20号（周日）早晨从8点开始一直到10点给您去电话，但总没有人接，只好作罢。因为您的时间宝贵不便打扰，今特写信问候叙旧，不便更多啰嗦，祈盼见谅。

春节将至，预祝全家幸福安康!

1931年同龄人周峄

2008年1月22日

司马小莘致木斧

木斧先生：

您好！我父亲司马文森的百年诞辰纪念会于2016年4月20日在北京中国华侨博物馆举行。

我们还印制了纪念邮票册，寄上。

我父亲是1968年5月22日上午，被造反派——“文革”三种人抄家，中午带走，下午在办公室，对他外调，借口他“不老实交代”外调问题，实行法西斯式的刑讯折磨至吐血、心肌纤维断裂，于当天傍晚死于他们的非法拘禁中，年五十二岁。

过去，1946年国民党反动派抄家、通缉我父亲。1952年1月被港英当局非法抄家逮捕递解出境。1968年5月22日被造反派抄家，只半天将他害死在国家机关办公室内。父亲离开我们只有几个小时，被害身亡。而父亲一生中从抗战起，在周总理领导下到外交工作，不存在路线错误问题，不存在所谓“敌特叛”问题，也不存在“出身”问题，网上署名“宣传部”的博文称，司马文森之所以“文革”一开始就受到迫害是因为上世纪三十年代在上海左联时期了解江青、张春桥的一些问题，所以“文革”一开始就给他的长篇小说《风雨桐江》扣上三条“罪行”受迫害。父亲一生都为革命、为党奋斗在第一线，想不到新中国建立了，却遭毒手被害死。而凶手至今逍遥法外。

再次感谢您的怀念。

司马小莘

2016年5月23日

木斧作品评说

《年轮》点评

/吴开晋

木斧先生的近作《年轮》是只有八行的短诗，虽短却精，他以年轮喻人生，并在哲理上升华，发人深省。他说，人生就是树的年轮，由于时光催老，自己已到了他的边缘，虽然是“年轮”的边缘，但自己还庆幸“活到今天”，并能“窥觑未来”，显示了老诗人对美好未来的渴望与期盼。诗末诗人说“最后我什么都看不见了，时代的车轮还在不停地飞转”。此时，老诗人又把年轮与时代的车轮相连，昭示出人生应有的最高境界：个人生命是有限的，但大时代的车轮乃至日月星球是永远飞转的，因而应趁在世之时，去珍惜已刻下的人生年轮！全诗语言朴实无华，言简而意深，是老诗人木斧先生晚年的一首佳作。

2013年12月14日

附原作

年　轮

/木　斧

只见翻过去
不见翻回来

我已经悬在边沿上了
时光不会给我一点情面

我能活到今天
还能窥觑未来

最后我什么都看不见了
时代的车轮还在不停地飞转

（原载《乡土诗人》2014年1月刊）

精短丰盈的小诗

/聂鑫森

木斧先生所写的十行小诗《雀画》，读之齿舌留香，令人难忘。

马立明系老友，同居一城。他是颇有造诣的书画家，大写意花鸟中的麻雀，历来被人青睐，誉之为“马麻雀”。木斧先生数年前我与他因采风笔会而相逢，他是闻名遐迩的诗人、画家，虽年高犹童心依旧！

此诗第一句“再也不用胆颤心惊了”，真实、自然而又意蕴悠长。回想当年“除四害”，竟将麻雀列入，何其荒唐。岁月更替，早为这小精灵平反昭雪，加之处处注重生态环境的保护，它不再“胆颤心惊”，获得了一种大自在。

第二段的四个排比句：“天真烂漫的小麻雀/欢天喜地的小麻雀/叽叽喳喳的小麻雀/自由飞翔的小麻雀”。虽写麻雀，也是当下人们的心态和姿仪，言近而旨远。

第三段四句最见老诗人的修辞技巧，既表现了对立明的画技、画法的称赞：“马立明用斑斑驳驳的黑珍珠/点活了你们的翅膀/你们从马立明的画卷上起飞/雀跃！回到大自然的怀抱”，同时又表现出了人与自然和谐相处的美妙，引导出“天人合一”的哲学命题。

最后一句“我的笑声也喳喳地飞起来了”，是通感的运用。“我”笑，麻雀也笑；“我”的笑声在飞，麻雀的快乐也在飞。“喳喳”二字用得太妙了！

木斧先生擅长写短诗，称得上是字字珠玑，如同古诗中的绝句、词典中的小令！短诗中见大功夫、真功夫，是诗人胸襟、性灵、学养的综合呈现，殊为不易。

2014年4月写于湖南株洲

附原作

雀　画

——为马立明的雀画配诗

/木　斧

再也不用胆颤心惊了

天真烂漫的小麻雀
欢天喜地的小麻雀
叽叽喳喳的小麻雀

自由飞翔的小麻雀

马立明用斑斑驳驳的黑珍珠
点活了你们的翅膀
你们从马立明的画卷上起飞
雀跃！回到大自然的怀抱

我的笑声也喳喳地飞起来了

木斧与《自画像》

/子　张

年前收到诗人寄来的《论木斧》，题签颇为别致：“子张，你在55号房/木斧/2014元月。”我当即在新浪微博发布“报道”，用一句话回顾了1986年陪同木斧登泰山的往事，用另一句话补充了他的题签，因为除了“55号房”，实则还有132号房，《论木斧》收了我两篇文章，分别在55页和132页。

实则关于木斧，我前前后后所写文章，犹不止两篇，只不过这两篇较为正规，篇幅也较长而已。记得还写一篇书评，讨论他的长篇小说《十个女人的命运》，我以为小说写作是作为诗人的木斧另一幅不太为人所知的一面，我的记忆中，他甚至还写过童话，可见真要讨论木斧，话还多得是。

新学期，又收到诗人元月六号的一封短信，因为寒假缘故，迟至最近才得以读到。原来去年年底，北京老诗人屠岸有信给他，信中提及木斧2013年10月12日在成都市劳动人民文化宫演出京剧《龙凤呈祥》剧照，称赞木斧：“你以八十三岁高龄出演乔福，真了不起！”接下来又一句，“演员兼诗人，诗人兼演员，这在中外演剧史上和诗歌史上，恐怕都是独一无二的！”

木斧的短信就从屠岸的感叹而来，他抄来一首三行近作《自画像》，诗曰：

把含蓄的诗和明朗的戏
折叠在一起了
那便是我的画像

的确，这首诗“没有注释是看不懂的”，但是，又该怎样为这首诗加注呢？

20世纪80年代初识木斧，他年过花甲，是风头正健的中年诗人。往前，其诗龄可以上溯到40年代，往后，他始终对诗钟情。前前后后，从事诗歌写作总有七十年了吧？因为写评论，我对其诗读得稍多，后来看到他的小说，大吃一惊。但直到进入新世纪，我才知道他的戏曲人物画画得精彩、传神，有一回在北京吕剑住的老年公寓，我看到墙上竟挂着木斧的一幅画，十分写意。可我万万没想到，这些戏曲人物画竟然来自他自己的表演生涯，看了他寄给我的一张舞台表演VCD，我真是惊呆了！在我印象中，木斧是个倔强、沉默的人，嘴巴总是闭着的时候居多，想不到在京剧舞台上，他竟然善于扮演插科打诨的喜剧人物，这让我百思不得其解。无奈我终是个京剧盲，分不清他演的究竟是哪个角色，只觉得其扮相幽默可爱，颇能传达出人物身上蕴藏的民间智慧，很有喜剧效果。说实话，这和他的诗完全是不同的另一番境界。

木斧也有感慨："写诗和演戏，几乎是风马牛不相及的事。我的诗友中，没有一个是会演戏的；我的戏友中，没有一个是会写诗的。所以我活得很自在又很无奈。"

我突然想到，也许只有元代的关汉卿们才会有这样风雅、坦荡、率性的生活吧？或者，在晚清的李叔同那里也还存留一些遗风吧？他不是在扶桑国发起成立春柳社，出演过风姿绰约的茶花女么？可惜呀，到了要么"革命化"、要么"现代化"的当代，那令人沉醉的艺术古风似乎皆已一去不复返了……

诗人而兼画家、演员，是古风，抑或是今天最难得的一种风雅，木斧先生一身得兼，令我羡慕万分，令我可望而不可即。

2013年3月13日（甲午二月十三日）

杭州德胜颐园客房

七月诗风的新拓展

/吴开晋

四川老诗人木斧先生在《读书人报》上开辟了一个诗歌副刊，名之曰《七月》，这是富有深意的。众所周知，“七月诗派”是中国20世纪三四十年代，以胡风先生主编的《七月》《希望》诗刊和“七月诗丛”为核心，在著名诗人艾青、田间带动下成长起来的一个现实主义诗派。当时这些青年诗人不仅有共同的民主主义倾向，而且在诗学上，主张反映时代的革命生活，要抒发诗人强烈的内心感情，要不受诗体形式的限制，按诗人牛汉的说法，即是“诗的客观性和诗人的主观性之间，诗的内容和诗的形式之间，存在着辩证统一的关系”（《白色花》序）。时隔几十年，又以“七月”为名，办了一张诗报，令人高兴。从已出版的五期看，它不仅承继了“七月诗派”抒发热烈情怀，深刻揭示现实矛盾，展示多彩的时代生活的传统，而且在艺术上广为吸收，诗的内容又着力于向诗人心灵的开拓。诗歌形式和表现技巧也在不断更新，发表了中老年诗人不少具有新颖特点的近作。继承“七月诗风”，又不局限“七月诗风”，也许，正是诗人木斧在《发刊词》中说的："各种流派，一视同仁；男女平等，老少无欺。"在它的七月版的创刊号上，不但发表了老诗人公木、彭燕郊、吴奔星、雪苇以及许伽、阿红的诗作，还有比较年轻的张新泉、叶延滨的诗。这些作品的共同特点，就是"以主观之情怀，拥抱光灿灿的多彩的外部世界"，用不同的琴弦，从不同的角度，弹奏自己不同的心灵感受。如公木《规律》一诗中写道："物物者非物/而与物无际/形形之不形/却唯形是依/无无者有/有无相至/有有之物/无有为用。"这绝不是诗人谈玄，而是讲诗人创作时，一定要以主观之情拥抱万物，达到"神与物游"；注重形式，又不被形式所拘束；要注意虚实结合，虚实相补，只求实，诗就"飞动不起来"，缺乏灵气；只求虚，又易走入玄秘，这正是诗人深刻的创作体会之总结。再说《技巧》，把诗人运用技巧比作面包师，又磨面粉又烘烤，让生命之源得以畅抒；《清新》，主张诗的创作应如"青皮多汁更解馋"；《滋味》则主张创作要敢于攀险寻奇，《空灵》则比喻诗作应如落花流水之去，进入"恍今若梦"的境界，等等，都是很有韵味儿的作品，又蕴含着诗歌创作的深刻道理，令人称赏。再如彭燕郊的《明湖之歌》，则写出了仰卧草地，心向星空，但现实的愿望又不得实现的心理矛盾；吴奔星的《青青的野草》以不倒的青草赞美故人，有一种峻峭感；雪苇的《幸福很随和》，说幸福常不经意到心窠做客，达到了意象与哲理的和谐一致；阿红的《火焰》带有一种昂扬的生命感："我生命着/就醒着/我醒着/就立着"既形象，又有力度。许伽的《暮年》又是一种情调，人到暮年有时无聊和靠闲话度日，但诗人强调的是"日落西山景色最有余韵/暮年最是眷念人生"，这也是一首生命之歌。

《七月》诗报还在1993年8月号上推出了一辑《七月派老诗人新作展》，可谓枯藤老树发新芽，别具韵味。主编木斧说：这些当年七月派的老战士，"年龄大都在七十岁以上，今日还有新作，乃是诗界一大幸事。然而他们不肯轻率地走向诗，心底无波澜不会轻易提笔，他们不写贫血的诗，不写轻薄的诗。他们的诗，既不恣意雕琢，也不会矫揉造作"。这确是中肯之言。如老诗人冀汸在病中写的《短笛无腔》，是他的生命的搏动之声，也是他在生命的路途中的感悟。《谁健康而快乐》，从收到一份慰问卡，发出对社会上出现的不正之风的感悟，并用调侃的口吻批评了那种淡漠的处世态度："读报只读广告看戏只看时装表演/唱歌专唱无言歌画画专画静物风景/看见扒手伸进别人衣袋立刻闭上眼睛/而对抢劫虐杀都当他远古时代的轶闻/躲着吃肉躲着喝酒躲着吸'万宝路'。"作者实际上给了这种人生态度狠狠一鞭。而他的另一首诗《我》，也可以说是众多的"我"的自画像，"我"最了解自己，但又最不能掌握自己的命运。彭燕郊的《心字》和《断断续续》，用木斧的话说，"都是一个人的自问自答，清新，恬淡，耐人寻味。"我赞成这种概括。诗人至老年，思索更多于感情的冲动，因而写出的东西更具哲理性。

以《泥土》诗传诵于人间的鲁藜，又献给读者一首《写给我的台灯》，以两行体的长句子娓娓报情，把台灯当作自己的友人，与之谈心，实际上却是自己人生历程的总结：“你是那么默默地陪伴着我/度过漫漫孤寂的长夜/当那谰言如同飓风恶浪排山倒海而来的时候/你是我唯一的永不会倒塌的灵魂的灯塔”“啊，不知天上一夜有多少飘零的流星在银河里流浪/而我这人生之孤独的浮萍却紧紧系在你的心波里”，“唯有在你的明察秋毫的岸边我才抛下我那沉重的铁锚/擎起双手向你捧献我那赤裸裸的心灵”。这是诗中的几个片段，是一位受过苦难的老人真挚的心声，每一个字都凝聚着很重的分量。迟发一月的绿原的《赠故人》，原题为《学诗五十年一无所获有感抄赠故人》，诗云：“怎和也逃不脱这片沙漠/烈日笑他是一条涸辙里的鱼/万幸他发现一只活命的水袋/可叹不是水是满满一袋子珍珠/珍珠救不活渴毙的迷途者/倒装饰了他十批掘沙的遗骸/他逃不脱的沙漠原来是人生/他所发现的珍珠是一棵棵天籁。”这是一首极富象征意味的诗，诗人说：“沙漠是人生”，珍珠的天籁又是什么呢？也许是他对艺术的追求和在诗艺上获得的成就吧？但是，仍代替不了那活命的水，因而才在人世间遭受了种种磨难，作者以言简意赅的诗句，以独创的艺术形象，揭示了人生的哲理和知识分子过去所经受的苦难。

《七月》还特别推出了一组“璀璨小诗点析”，诗很精致，点评也有见地，可谓“别开生面”。谷风的《没有命中的鸟》，是一首爱情诗，在热烈的追求中带着淡淡的哀愁：“语言已语言够了/表情已表情够了/今天才显得/如此缄默又如此平稳/只是任脚印/重复那初恋的石径/遗憾，不是一只鸟/能被你的枪口命中”。立意虽不新（如朱潮就有过一首类似的情歌），但语言却有新意。马德俊的《小鹿　猎者　白桦树林》不仅情景交融，而且体现了一种宝贵的人道主义精神：“亘古的雪原。滚动着北极而来的风暴/一只迷途的小鹿/在白桦林隙间张望/黑色闪亮的枪筒已等得发烫/准星将整个雪原凝固/一声脆响像银。”雪原狩猎，本是乐事，但枪口瞄准的是那样一只可爱又可怜的小鹿，不免使人心颤，诗人又用了“准星将整个雪原凝固”的句子，在美丽中又渗透着残酷。木斧的点评也颇富诗意。其他小诗还有马瑞麟的《拐杖》，张宝莹的《雪花》，海青青的《流浪》，小张的《墓志铭·纪念萧红》，都是精炼优美的短章，有唐人绝句之风，由于篇幅所限凡不一一评述了。

《读书人报》上的《七月》诗版，距胡风先生1937年7月在武汉主办《七月》杂志已过去了半个多世纪。但我们从这张“洁报”上仍看到了当年“七月诗派”的战斗的现实主义诗风。所不同的，是今天的诗作已在艺术上广为扩展，呈现出一种多姿多色的艺术风貌，它标志着中国诗坛的希望。相信在“七月”这块沃土上，会开出更加艳丽的诗之花朵。

原载《文艺生活报》1994年4月22日

这里搏动着单纯的诗心

——读木斧诗集《醉心的微笑》

/杨汝絅

要承认诗可能单纯而美，然后方可以赏析木斧诗。

世上有数不清的大大小小姿容各异的河。有的河，两岸花光百里，秾丽绚烂，杂彩纷呈。木斧这个集子里的诗不是这样的。

他有他的河：从容明净，清凉见底，如河边的乡间洗衣女一般不假修饰，河岸没有多少花枝，水面也正闪映多少明霞，然而他这也是一条亲切的、本色的、引人流连的河，一条活水畅流的河。

不是说木斧就没有奇思妙想织成的新巧的诗句，像《朝天门》：“朝天门是座大船舱/装着一座山城/搅翻了一江水”；像《湿》：“不用眼睛也能看得见/桂林城湿透了/湿透了玲珑的桂林城”……这样的诗句，未尝不令人赏心悦目。然而从主体看，木斧诗真不是以此来取胜的。

像不少中老年作者一样，木斧的小传中也有这么一句：

“中途辍笔二十多年，1979年恢复创作。”这是一种特殊的，而在我国当代文学中又颇带普遍性的历程，为一切外国所罕有。文艺理论有必要研究一下：当成百上千正当盛年的作者纷纷辍笔，且一“辍”就是二十多年的时候，我们的当代文学蒙受了怎样的损伤；但是更有必要研究一下，当这些作者中还活着的又在一片晴光里重拿起笔，就像古代诗歌里所咏唱的：“忽如一夜春风来，千树万树梨花开……”他们给我国当代文学又带来了什么。这是一个既有现实意义又具经验价值的专题，这篇小文不宜多所涉及。但就诗创作的领域而言，我好像还没有见到一个重新歌唱的诗人反而醉心于绣叶雕花，追求起轻纤柔曼的调子来的。他们的歌吟，大抵被生活的风波洗去了不少铅华，往往更加深沉凝重了，也更加质朴本色了，有时竟至到了过分不作装饰的程度。这也是符合心理发展的规律的：假如说诗人在还入世未深的时候容易体会到一点生活情趣就桃红柳绿地渲染一通，那么，在他已去生活的深流里长久浸泡过之后，他反而会“欲说还休”，不愿意多做夸饰，要“却道天凉好个秋”了。

木斧的诗，十分明朗，也许会有读者不满足于它们的清浅。我读其诗，有时会不禁联想起鲁迅先生对刘半农的评语来，这并不是说木斧和刘半农的风格全然一样，在时代条件和个性特征上，他们都很不同。但是，不管怎么说，明朗也是一种审美追求。木斧自己有句说：“但是我从来不否认我喜欢：/一碧见底的清粼粼的思想！”（《酒》）这“思想”

不一定很深刻，不一定具有曲径通幽之效，然而它是“清粼粼的”“一碧见底的”。这两行诗用以解释和形容木斧的诗歌风格，倒是相当省事的。

读木斧诗，你常会感到似乎作者急于坦示他自己，而且他自信他那“一碧见底的清粼粼的思想”是和他的时代同步的。

当他“顺着蜿蜒的小路静静地回忆和寻觅”的时候，尽管也不得不分辨一下他“伫立”过、“跋涉”过、“摔跤”过以及曾经为之“流汗”的那些地方，但，他真正要“寻觅”的并不是这些——

我寻找那失去的胆量
那热烈追求理想的
一颗滚烫跳动的心！

——《寻觅》

在这样的诗句里，木斧不惜去尽语言的润饰而直抒胸臆。在咏物言志的时候，他也丢不开这样的感情，像《松树》——这“松树”“不是没有伤痕”“不是没有悲伤”，使我们很容易联想到曾卓的名诗《悬崖边的树》，然而又带有木斧的鲜明抒情个性，着眼点是不同的——

你静静地迎着雨后晴空

任头上的千层碧波摇晃
尽胸中的惊涛骇浪震荡
你不因温暖而得意轻狂

凄风寒雨都过去了，在阳光遍地的“温暖”中当何以自处？这就是诗人在这些诗句中提醒自己的。这种弥可珍视的感情，更加淋漓尽致地抒唱在长达二百多行的抒情诗《早晨》中——

我一生经历多少风霜
我遍身印满多少伤痕
但是谁也不能阻拦
我飞奔在早晨！

而在《自白》里，木斧想起自己也曾“举过愤怒的拳头”“呼过狂热的口号”，声讨过一个为自己素所敬爱的人，他的诗里就忽而发出了这样捶胸顿足的声音——

今天，我用最凄楚的语言
锤击着我自己的灵魂
呵！你这个卑微的小人呵？
多久才能长出自己的脑筋？

这类的心理活动，许多人都有过，但并不是许多人都能像这样无情地深责自己。所谓“君子坦荡荡”，一个正直的诗人总不会掩饰一己的爱憎，应当肯定的时候他不会回避对自己的肯定，同样，他也会断然否定自己，在他认定必须否定的时候。

这就是贯注于《醉心的微笑》这本诗集的抒情风格中的一个特色：不遮掩，不闪烁，直去直来，肺腑毕见。这是只有单纯的诗心才会有的一种动人的情致。

单纯、质朴、明朗，也是诗的艺术属性吗？这是当然的，而且是很重要的，并不那么容易把握的一种。

所谓诗的单纯美，不只是指语言上的恶粉饰、去雕琢（当然这也是诗的单纯美所要求的），更重要的，我想还在于诗歌形象没有或者甚少渗入杂质，在于诗人在其诗中不左顾右盼，不弯山绕水，一是一，二是二，黑白分明，直接坦荡地向读者捧出对现实的印象和感受。诗的单纯美，显然不只是技巧问题，恐怕主要不是技巧问题，它是源于纯朴的诗心的一种醇净。

木斧诗短章居多。这些短章中间也有不熟的果子。当他还没有把诗的抒情形象作足够的酝酿就急于向读者议论一个道理、说明一个观念的时候，诗就不免显得匆促、疲软和生涩，像《诚实》、像《浪》、像《曙光》那样的短诗，就有这样的不足：短则短点，却缺少醇厚的诗感，缺少单纯的诗美。但，当他想得多、说得少，想得深、说得浅，想得激动、说得平易的时候，这种单纯美就每每不期而至。像《春蛾》，借了蚕在茧中的意象，短短八行诗，前四行语调平静地追述了蚕在作茧之前的全部生涯——

永远充满了旺盛的精力
在无穷无尽的岁月中
吐着无穷无尽的丝
后来，无忧无虑地睡了

诗没有韵，在娓娓而谈的口语般平易的诗句中，那“无穷无尽的岁月——无穷无尽的丝——无忧无虑地睡了”却从容自如地组成了内在的节奏，诗的内涵也启人遐想。平流之后，顺理成章地起了波澜，并且在全诗结尾处自然形成了一个潮峰——

你老了吗？不！
不过是休息一会儿
一朝冲出网茧
看，一只会飞的蚕！

这“一只会飞的蚕”无疑是一个独特的诗歌形象，借此诗人对某种人生态势完成了他由衷的歌颂。这“一只会飞的蚕”从这般组合的一首短诗中飞出，又是一个去芜存菁、纯度很高的富于单纯美的形象。

其所以能孵出这样的形象，很明显，是因为诗人把自己整个人生体验的一个有机组成部分压铸到形象里去了的缘故。

这个集子中的一些写山水景物的小诗，其中之佳者像《雪》《溪边》《湿》《春》《泥土》《长江》和那首有名的《过三峡》，也都具有这种吸引人的单纯美。木斧写诗，看来很注意删弃一切可以删弃又不伤其明朗的东西，这是一种经验、一种才能，也是诗的单纯美能实现的一个原因。像《大桥的眼睛》，全诗只六行，末两行道——

我在桥上端详着母亲发亮的两只大眼
母亲的眼睛注视着儿子走过重庆大桥

母亲的眼睛注视儿子过大桥，而桥下流动着的是母亲往昔的泪水——这一想象的画面中本已饱含某种激动人心的东西。重庆大桥很实，而“母亲”和“儿子”象征什么，诗里终于不去点明，让读者已经激动起来的心自己去联想，去认定吧。

读了木斧谈自己写诗经历和体会的自白（《星星》1983，10；1984，1）和这本诗集之后木斧的一些新作（如《一封写给田野的情书》，《诗刊》1983年7月），可以意识到对木斧本人来说更为重要的一些东西，比如他始终认为诗只为革命事业的需要而燃烧，技巧从来不是仅仅属于诗艺方面的问题，而是诗作者如何把握现实生活和诗如何与时代脉搏合拍的问题；比如已经可以看出他的诗作正向着更开拓更宏大的境域试步……很惶愧，这些我都未及谈到。我只好以一篇短评仅容许只谈一个侧面的感受来宽容我自己。至于说这一个侧面也还没有谈透，甚至根本没有谈准，那就是我自己力所不逮的问题了，“非不为也是不能也”，只好就是这样吧。

（原载《博览群书》1987年第7期）

情象熔铸一体的艺术追求

——木斧诗作的美学风格

/吴开晋

老诗人牛汉说木斧其人和诗都透着古怪，而诗“则闪烁着他性格光芒的特征：风趣、机敏、古怪，诗的意象有爆发力。它们让我想到童年时烤木炭火，灰灰的炭似乎已烧尽，但猛地会爆出几粒火星星，把人的手脸烧出几个燎泡。木斧的诗能爆出这种火星”（《缀满鲜花的诗篇·序》海峡文艺出版社，1987年版）深刻地道出了木斧诗的总体特征。这爆发出的火星，正是木斧强烈激情的艺术再现。

木斧写诗，始于战乱中的20世纪40年代末期，面对黑暗的现实发出有力的一击。为了自我保护的需要，有时会借助于寓言等形式和曲折隐晦的语言。如他的处女诗作《沉默》：“不能忍受/不能让眼泪往肚子里流/不能再沉默！/皮鞭抽在身上/为什么不叫喊？/喉头没有哑/为什么不歌唱？/不是从沉默中消失/就是在沉默中燃烧。”诗中蕴聚着强烈的激愤之情，用形象的比拟，让人们大声叫喊和歌唱，并揭示了“沉默的民众”有内聚的一种可以烧毁一切的可怕力量。

作为一个十几岁的少年诗人，确是出手不凡。而寓言诗则具有辛辣、讽刺之特色。如《演讲》，以猫头鹰和鹦鹉的骗人演讲，暗示当局掀起的反动宣传，叫人们不要去听；《讲故事》则借助于虚妄的传说故事，揭露统治者钳制人口的丑恶专制；《阳光》则以拟人化手法，写光明到来的可贵。从他初期的诗作即可看出，他内心爆发出来的战斗火花，已溅开了一片艺术的花朵。

木斧早期的诗，不仅吸收了五四以来优秀新诗的营养，似也借鉴了一些西方现代主义有益的表现方式。如《寂静》一首就是很出色的："在这一泓死水的周围/人底面孔是苍白的花/饥饿/撕裂了声带/瞳孔/伸出了眼眶/咬破了嘴唇/也听不到一句话/死一样的寂静呵！/仇恨/在寂静中/滋长……"一种对丑恶现实的反讽，显现出一种"病态美"，让人想起闻一多《死水》中的句子，甚至是意象派诗人庞德《地铁车站》中的名句。

建国后诗人本该有新作问世，但因政治的磨难，一停笔就是二十余年。直到1978年，诗人才又重新焕发艺术青春，诗情一发而不止，形成了他一生中的第二个创作高潮。

木斧新时期的诗，仍然坚持着情象熔铸一体的美学风格，即把热烈的情怀融入多彩的艺术形象中，而这不仅是艺术形象的创造，又是他的独特人生体验的载体。概括起来，可有以下几个特点：

其一，在对客观物象的具体描绘中，诗人直接站出来，做出真善美的直接判断，以象感人，以情动人。如写于1982年的《竹》：“全身都是绿/嫩绿、浅绿、深绿/绿的袍，绿的须/绿的手，绿的臂/一簇一簇地立在小溪边、农舍旁/一年四季都在追春！/早晨，我从梦中醒来，掀开被盖/她也从梦中醒来/抖落一身露珠……”诗中用多彩的画笔描绘了竹子追春的美姿和青春的气质，也昭示了诗人对这春的美神的由衷赞美，投射出其心灵中对美好事物的热烈追求。《春蛾》一首，又是对古代咏物诗的拓展：“永远充满了旺盛的精力/在无穷无尽的岁月中/吐着无穷无尽的丝/后来，无忧无虑地睡了//你老了吗？不！/不过是休息一会儿/一朝冲出网茧/看，一只会飞的蚕！”比之于“春蚕到死丝方尽”的旨趣，无疑具有思想上的飞跃，从中不难看到诗人勃发的生命意识和不倦的进取精神。

其二，是对客体物象的直接描绘，或把客体物象美化和拟人化，折射出客观世界之美好，隐隐闪现出诗人的情怀。如写于1983年的《林》：“森林梳洗着阳光/带着脉脉含情的神态/用那一片密密麻麻向上生长的木梳/理出了阳光的满头金色的发丝！”诗中意象美丽动人，这是诗人经过细致的观察，又借助于丰富的想象力而创造出的独具特色的意象，渗透出诗人高雅的情趣。

其三，诗人直接化为一个客观物象，以特殊的身份展开抒情，达到“物我相融”的境界。如《初到敦煌》：“在大漠的王国中款步而行/头上的太阳是我的王冠/脚下的沙土是我的地毯/我正在通向一个灵霄宝殿。”诗人成为巨人，戴着太阳的王冠，踩着黄沙的地毯，迈向一个神秘王国。这类诗虽不算太多，但却昭示出诗人新的探索。

老诗人艾青在《诗论》中说：“诗人一面形象地理解着世界，一面又通过形象向人解说世界；诗人理解世界的深度，就表现在他所创造的形象的明确度上。”这一过程当然就是形象思维的过程，诗人理解现实世界越深刻，他所创造的艺术形象自然会明确清晰，更为具象化。木斧是深谙此理的。为此，他调动一切艺术手段去展示他的内心情愫，把一切抽象的概念、哲理作形而下的表现，使之具象。如《诚实》一诗，本是写一种抽象的品质，却用拟人的手法把它具象化：“我/听见诚实在哭泣！/有人把诚实/当成赌场上的牌/在桌面上扔来扔去。”又如酒，是没有生命，更没有个性的，但诗人却用直接抒怀的形式赋予它以形体和个性：“不是用它来浇我的忧愁/我是一个不懂得忧愁的人/但是我从来不否认我喜欢：/一碧见底的清粼粼的思想！/一触即发的火辣辣的性格！”联系到诗人的豪饮，可以说这就是诗人人格的自我写照！

为了实现他的美学追求，诗人在形式和语言上也做了多方面探索。总体来说，他基本上采用自由体或半自由体，诗句有长有短；诗节有的整齐，有的不整齐，有时还采用西北民歌的格线式，都是为了表达感情的需要，从中可见诗人惨淡经营的苦心。

（原载《星星》诗刊1993年第6期）

为木斧写序的故事

/流沙河

1947年的早春，我已跳过十五岁的低栏，离去故乡，负笈蓉城。有一天偶然在成都《西方日报·西苑》上看见一首新诗，作者署名木斧——这倒有趣，可以用来砍铁树吧？且看看他写些什么。拘于儿时所受教育，我爱旧体诗词，不喜新诗。那首新诗，题目今已忘却，只记得内文的两句大意："周围都是死水，人脸都是苍白的花。"这意象之奇，之冷，之悲，使髫年易感的我惶惑不安。原来我们生活在这样的一池死水里！当时尚未读到闻一多的《死水》，所以印象特深。后来在《西方日报·西苑》上，也在别的报纸副刊上，陆续读到木斧的诗，由惶惑而入迷。这种入迷显然不是纯艺术的。在那些动荡的日子里，学生罢课（反内战），贫民抢米（反饥饿），艺术也很难"纯"起来。有一股跳跃的反抗力在木斧的诗中，使我入迷的是这个。木斧的诗引我去接近新诗，木斧诗中的反抗意识引我去接近校园外的社会现实。我自幼浸染在旧文化的泥塘里，所习无非子曰诗云，所爱无非唐诗宋词，所写无非之乎也者。记得读初中时，一位老师挖苦新诗，说："太阳出来飞红，晒得石头梆硬，这也是新诗！”故乡小城，空气闭塞，宜有谬论如此。来到蓉城，入了四川省立成都中学高中部，偶然在校园阅览室看报，读到木斧的诗，我才有了突变，如蛹初醒，乍见新诗之光。不久以后我就知道了，中国有一个“吹号者”艾青，有一个“战斗者”田间，还有一个绿原，他要把国民党凶徒“一直追到冥王星”，还有一个曾卓，他和他的同志关上了“门”不让叛徒进来。我把他们的诗，择其尤爱者，抄在本本上，往往一遍抄录，便能默诵。在我，木斧是渡船，载我去新诗之彼岸。我想象中的他是一个闪着神秘之光的大人（其实他和我同龄）。如果有预言家那时对我说：“三十七年之后，你将为他写序。”我该如何惊骇！

我当时不认识木斧，只猜测他是成都人，或许是一位行踪隐匿的地下工作者——他的诗作给我以这样的印象。到第二年即1948年，我做了《西方日报》的通讯员，刊用过几则校园消息，也偷偷写新诗寄去，可怜一首也未刊用。年底刊用一篇不到两千字的文学速写，写我的代数老师的，已经喜出望外了。每日收到《西方日报》赠报一张，遂成忠实读者，得以在副刊《西苑》上读到木斧许多诗作兼及嘲骂国民党政权的短小锋利的杂文，不用说崇拜得五体投地。同校同学有写诗的告诉我说：“木斧是西北中学的学生。”使我难以置信。后来在副刊《西苑》上读到木斧一首小诗，知道他十八岁，只比我大几个月，我是多么诧异啊！历经“文革”大火之后，那首小诗居然还在，就在这本诗集内，题目《脆弱的生命》：

风

吹着

雨

落着

我，诞生了

听风呼呼地吹

听雨哗哗地落

以手和脚学习爬行

我从阴暗的小屋蹒跚出来

脆弱的生命在狂风暴雨中成长

啊！十八年了！

现在回望昔年，那个十八岁的中学生多么可爱！他写自己，也写时代。他有鲜明的社会意识，知道自己的“脆弱”和时代的伟大。风雨意象概括中国的20世纪30年代和40年代，准确，纯净。末段还在“以手和脚学习爬行”，仍旧是婴儿呢。忽然跳出一声惊叹“十八年了”作为结尾，突兀之至，仿佛一闪逼到你眼前来，那人生。这样的结尾有动势，真聪明。如果移到首段去做开头，动势就很难形成了。十八岁的小青年写出这样的诗以及别的更好的诗，我不想说木斧是神童——这两个字使人肉麻。我愿意替木斧感谢大变革时代的风风雨雨，它使少年早熟，既可爱又可哀的早熟。

1949年秋季我有幸结识木斧了。我同他大约是在麦穗文艺社的每周活动会上认识的。麦穗文艺社的成员包括一群中学生和几位报纸编辑先生，良莠不齐。当时木斧入了四川省立艺术专科学校，而我入了四川大学，每次进城都得路过他那里，所以常去看他。我还交过诗稿给他，在他课余编的《建设日报·指向》上发表。他一向沉默寡言，眼镜又添了年龄，偶有谈吐，多具革命见识，启我茅塞。我猜测他与地下党或有关系，只是不便问他。有一次他交给我一封信，要我面交四川大学一位不认识的同学。我怀着神圣的自我感觉去办了那件事情。其实那不过是转递一件稿子罢了。现在想来，十分幼稚可笑。

诗人流沙河载誉归来留影。前排自左至右：海梦、木斧、流沙河、何洁、王尔碑

1949年11月末，成都临解放的前一个月，我住在祠堂街华德里，一天早晨出门，在少城公园门口突然遇见他向西门走去。他的脸色显得焦急，说要到郫县乡下去躲一躲。我知道当时国民党凶徒面临末日，正在疯狂报复，捕杀地下党人和其他革命志士，不禁替他害怕。

后来很快成都就解放了。两三年间，木斧发表了不少作品，短篇小说啦活报剧啦快板啦乃至通讯报道啦等等，诗却很少很少，而且不太动人。显然他已经转变诗风了，昨日之木斧被今日之木斧否定了，他正在诚恳地改造着自己的“小资产阶级意识”。我记得他发表在《川西日报·文学副刊》上的一封写给他的三妹的信，信中他对自己的创作道路做了真诚的严厉的却未必中肯的批判。当时的许多同志，何止木斧一人，真好，没有谁批评他们，他们却在那里主动地批评自己，不留情面。如今这已成了古风，可叹！

迨至1955年夏季“肃清胡风反革命集团”运动展开以后，否定了昨日之木斧的今日之木斧又被否定了。他被隔离审查，并在千人大会上（他本人不在场）被“揭发”“批判”了。他那些燃烧着革命激情的曾经使我入迷的诗篇一夜之间都成了“反革命的罪证”。亲者痛，仇者快，莫此为甚！运动如此声势夺人，还有什么道理可讲。说来惭愧，我也写过他的揭发材料，揭发他解放前对我讲过苏联早期革命诗人马雅可夫斯基是因苦闷而自杀身死的（难道不是事实）。我在所谓的揭发材料上说，这是木斧“思想阴暗”

的证明云云。所幸他那里的领导人明察，没有听信我的屁话。大约不到一年，他就结束隔离审查状态，回到工作岗位，“老虎”又变成“同志”了，不过栽了一条尾巴，直到二十七年之后，这条尾巴才被割掉。

1957年春天，鸟啼花发，我就怂恿木斧编一本自己的诗集，并说我希望有幸为他写序。蒙他不弃，交来剪贴稿本厚厚一册，还未动笔，我便“出事”，长出青面獠牙。剪贴稿本在我手中，退他吧，我不敢，怕株连他；他也不敢来要，怕被株连。他才是哑子吃黄连哟！幸好写序未成事实，我也没有张扬出去，别人不会知道，得以长期隐瞒，无须坦白交代。光阴荏苒，倏忽九年，彼此阴阳隔路，再也没有见过面。我以为他过得很不错，后来才知道不是这样的。1966年春季，浩劫前夕，我被押送回老家去监督劳动改造。行前清理箱箧，将所有的底稿、记录、信件通通付之南方丙丁，唯独留下木斧的那一册厚厚的剪贴稿本，压在箱底。殊不知半年后天下大乱，红卫兵半夜里来抄我家，夺走了那一口破箱子。幸好小将们不知道木斧何许人也，或许认为那是我的剪贴稿本，所以未去“顺藤摸瓜”。险哉！

十三年前，地转天回，党的十一届三中全会前夕，我告别了木器社，作为摘帽右派，被安排到故乡的县文化馆做馆员。有一天收到一封成都来信，一瞥那粗棒棒笔迹，便知道这是木斧写来的。甚至不须拆阅，我也能猜到信上写些什么。果然猜中，那个“大黑瓜”要稿本来了。这天真汉，他以为自己的孩子还活着呢，在昏天黑地的十年浩劫之后！

我回他一封信，说他的稿本被抄之夜，我正“跪在地上不敢作声”，信尾揶揄一句：“你就好好向前看吧！”

1980年，从左至右：羊翚（覃子豪胞弟）、流沙河、木斧

果然向前看了，没有半句怨言，这倔强的诗人，天晓得他通过一些什么渠道，搜寻经年，总算找回来旧作的五分之一（五马分尸的孩子找回来一条腿）。1983年秋季某日开会晤面，他塞给我一包东西，绝口不说这是什么。我捏一捏，也绝口不问这是什么，一个不说，一个不问，彼此默契于心，只谈一些别的事情，然后各自走开。《李陵答苏武书》云："人之相知，贵相知心。"默诵这句名言，我的眼睛湿了。

回家拆开那一包东西，通读三遍，唤醒自己许多模糊了的记忆，实在快乐，仿佛某件爱物放迷失了，经人提醒，终于找回来一样。何况里面还有更多的新作——1957年以后写的和1978以后写的，读了令我广开视域，并向他学习语言的简洁。遗憾的是其间有二十年竟是空白，一首诗也没有。辍笔，不是因为他懒，而是因为他倔。不顺心的歌他是不唱的，他是老实人。

1978年以来，木斧写了这么多诗。一旦顺心了，他就努力唱。他的诗风一如昔年，不来花枝招展，同他为人一样。有了自己的风格，这是成熟的标志。不过这话只能由评论者说出来，他本人不宜这样想。我们应该不停地探索诗艺，愿与木斧共勉。

我为木斧感到骄傲。我们这一代人成熟得这么早。我们爱自己的祖国，曾经歌过哭过喊过骂过，在她被凶徒蹂躏的年代。

说是写序，拖了二十七年之久，终于写出来了，但不是序，只是一篇写序的故事罢了。

（原载《青年作家》1984年第10期）

戏与诗或诗与戏

——读木斧《百丑图》

/刘士杰

面对木斧先生这本令我爱不释手、图文并茂的《百丑图》，我是怀着如同与兄长好友促膝谈心的喜悦心情写本文的。

木斧先生是著名诗人，同时又是一位京剧名票。正儿八经拜过名师，不仅能清唱，还能粉墨登场，在当地京剧票房大获好评。

诗人与戏曲结缘，并非自木斧先生始。据我所知，就有两位九叶派诗人与戏曲结缘。一位是唐祈先生，他不仅能唱，还会操琴，拉得一手好京胡，并且也曾在舞台上正式演出过。另一位是唐湜先生，他虽不会唱演，但也和戏曲结下不解之缘，他的舅父王季思先生是戏曲研究大家。

以戏入诗可以说是木斧的独创，我想是否可以在诗歌的门类中，增加一个“戏诗”？这“戏诗”的名称是否系木斧杜撰？我不得而知，反正此前我没见过。但以“戏诗”来为木斧以戏入诗的诗命名，真是再恰当不过的了。

木斧的戏诗看来很轻松，甚至很活泼，似乎写来不费功夫，其实我推想写得并不轻松。我曾经设想，如果让一个对戏曲外行的诗人来写，是断乎写不出这样让懂行的读者满意的戏诗的，那无疑隔靴搔痒，甚至还会闹出笑话，但是即使是戏曲行家，也未必能写出好戏诗。盖因他不是诗人，不是缺乏诗趣，就是卖弄行话，使读者读时要么索然无味，要么如坠五里雾中。可贵的是木斧既是诗人，又是戏曲行家，这就使他的戏诗既有诗味，又能为一般读者看懂欣赏，做到雅俗共赏。

木斧演的是丑角，往往是一些不起眼的配角、小角。但是正如斯坦尼斯拉夫斯基所说："只有小角色，没有小演员。"木斧深谙这个道理，他安于、乐意扮演这样的小角色。但是"别看我小小中有戏/戏不离我我不离戏/要不然老包怎识李皇娘？/要不然怎会有这唱工戏？"（《断太后》）木斧就这样用形象的诗句浅近地说明在戏曲中，主角与配角的关系。木斧还有一首诗，以自身的体验，说明配角与主角的关系："我常常站在舞台上一声不吭/我只有一句道白呵/我要准确地把它投在/主角唱腔激流的一个旋涡中//这道白击开了掌声奔腾的河流/主角高兴极了，我也乐在其中/是主角的唱腔增添了我的勇气呢/还是我的道白激励了主角的唱腔呢？"

如果没有舞台上演出的实践体验，是写不出这样有深切体会和感受的诗句的。在戏曲行话中有"一棵菜"的说法，说的是在一出戏中，各个行当应该像一棵菜那样合作，才能演出成功。

众所周知，世界上有三大戏曲体系，即斯坦尼斯拉夫斯基、布莱希特、梅兰芳。以梅兰芳为代表的戏剧体系，即中国戏曲的一个显著特点就是间离效果。这个间离效果曾经为布莱希特大为赞赏。何谓间离效果？间离效果就是剧中人跳出剧中规定的情景，转而与观众交流，使观众暂时离开剧情，获得短暂的间隙，使观众在短时间内领悟到这是在演戏。间离效果是由中国戏曲的假定性、虚拟性的特点所决定的。而在所有的行当中，最多实施间离效果的是丑角。因为在所有行当中，诙谐、调侃、搞笑正是丑角的本色。丑角在演出中，会突然离开剧情，类似相声的现场抓哏，抛出一个包袱，引得台下满堂笑声。木斧把这种间离效果用到诗中。在《窦娥冤》中，木斧男扮女装，饰禁婆。禁婆属于彩旦，归入丑行。且看木斧如何抓哏：

都说窦娥这一板成套唱腔/是我禁婆子几板子打出来的/冤哪！窦娥不冤我冤/我用凶恶衬托她的可怜/不过是摆摆姿势而已/我怎么敢动她一根毫毛呢？/——人家是名角哪！

——《窦娥冤》

从上面引的诗句不难看出，木斧已经跳出剧情，从剧中人变回到演员了。最后两句显然是对饰演窦娥的演员的调侃。这首诗活现了丑角的做派。丑角可以从规定的剧情中跳进跳出，一会儿是角色，一会儿又是演员。

正如丑角在滑稽搞笑中演绎严肃的、对人性的善恶美丑的拷问一样，木斧的戏诗也在诙谐幽默中显示了戏曲艺术的美学真谛，以及诗人潇洒旷达的人生态度。他虽年事已高，却如此热情地投入学戏演戏，这本身就表现出了他那积极向上、乐观豁达的人生态度。

木斧先生的戏诗可圈可点处还有很多。因为我酷爱京剧，作为同好，我就从戏曲的角度来赏析他的戏诗。但愿不致说外行话，让人笑话。

（原载《诗刊》2011年1月上半月刊）

回族女性历史命运的写照

——读木斧小说《十个女人的命运》

/苏菲（回族）

木斧以生活经历为根据，通过心灵选择，在他的小说中凝缩了十个回族女性的命运。这十个回族女性的命运，不仅仅是作为个别人物存在，因其社会宽广度，带出许多男性，带出成都一百多年回民社会的画面，带出回民宏观生活际遇和微观内心苦乐的精神世界，是成都回民历史生活的一种写照。

一

我和作者有着同乡、同族、同代、同类的遭遇，流过同样的心泪。记得作者在若干年前，初步酝酿这本小说个别人物时，常常告诉我当时的内心活动和处理打算。稿子一章章完成后，还征求我的意见，可以说，我是小说的第一个读者。

作者用十二万六千字，展开了一百多年来成都地区回族生活宽阔、久远的画面。他像威廉·毛姆一样："我之所以要写作，是因为我觉得有些东西非说出来不行。"于是，他在相当长一段时间，放下诗来，迫不及待地开始小说创作的艰苦跋涉。他曾说，故事中某人，就有成都回族某位身影，胖呆就是以长辈某某为模特儿。他笔下人物，全非臆造。与其说他在创作，不如说他仰首苍冥，倾诉衷情，把生命历程默默地作一次小结：哪儿是眼泪，哪儿是爱恨，哪儿是憧憬。由于自己久远的精神创伤，这种悲剧意识唤醒众多良知，使灵感触发，才产生艺术形象。这种创伤并非作者本身的，而是由长辈的创伤移植于他的大脑记忆。虐待、迫害、侮辱、强奸、性摧残等等人间不幸，使我们千万女性沦入非人绝境。复杂深重的不幸，不敢宣露，不敢发泄，被压入内心深处，久而久之变异和扭曲，使人忧郁、偏激、悲哀、痛苦、狂妄。如小说开始，一位回族老奶奶从年轻到老迈时，常常感受："……这个家怎么也抵挡不住从内心升起来的孤独的感觉。""她隐隐约约感到自己仍然是一个孤独的人。她需要一个家，需要一个爱她疼她的亲人。""她拼命地干活，早起晚睡地干活，用以抵消她心中的思念。""爸爸、妈妈，女儿多想你呀！"最后她呐喊了："我要回家！放我回家去！"

这位老奶奶从小被拐卖，一生没再见到亲人。木斧为她呼救，为大批从苦难农村被迫走上绝境的女人呼救。

由于回族老奶奶的不幸，作者发现这也是人类的不幸。因此，读者就看见苦命一生的小人物，趴在床前长板凳上，让大太太痛打的惨景；哈康讲《孔雀胆》故事以及杜晓琴说出父亲杨明远是杜文秀后人；胡绣作为知青遭受侮辱和走投无路的结局；大大的奇遇和大大的怒吼……这些都是悲剧，占去整本小说绝大部分，剩下的篇幅，也不过是微弱地表示一下人们可怜的向往而已。可以说，木斧并没有把人间的美好挖掘出来，表现生之坚强，木斧仅仅提出问题而未开出一些验方。

木斧尤为突出描写了使女制度的危害。在旧社会，残害贫穷女性最严重的莫过于延续千年的使女制度。使女，俗称丫头，成都叫丫头子，为中产以上人家使用的十来岁的女仆。荒年，穷苦农民养活不起自己女儿，以低价卖给城里人家，或被迫还债低价给债主，也有被人贩子拐骗为奴的。此外，还有一种，成都叫“寄饭的”，并不出卖人身，只当使女，有碗饭吃，无工资，在人格上，同出卖的丫头没有区别。唯前者可转卖、赠予，生死由主子决定，后者没有这些不自由，但任人打骂虐待，也是极不自由。文学作品《红楼梦》、小说《家》中都有过对使女命运的描写。木斧在小说中有意识地表现了这类题材。

二

木斧显然在描写过程中持有心灵的批判。他永远是理想主义者，但不形而上学；他十分感情用事，有时还偏激，但他对人生，对文学艺术很认真，很投入。他有意避免一些写作忌讳。他在小说中设法使哈康讲《孔雀胆》，以表示自己对回民起义的赞颂与向往。他不曾对上山下乡、“文化大革命”口诛笔伐，但他忠于现实，写了胡绣的遭遇和大大的大胆。木斧用括号创造川剧高腔中帮腔式的“独白”“旁白”，使故事发展跌宕生姿，如：“这位大太太幸好没有活到80年代，她要是看见了如今的迪斯科不要说天下的女人都在勾引她的男人吗？”木斧在创作风格上有所继承，从这本小说中，我们频频窥见祥林嫂、孔乙己，甚至阿Q的影子，也领略到鲁迅式的幽默、鲁迅式文体的简洁精炼，而大批阿拉伯、波斯语和成都地方语及人物口头语应用，极其真实地表现了成都地区回民的语言习惯，增强了回民文化的色彩。

三

“灵魂怎样不由自主地渴望着爱和同情。”木斧因感而发，他对赖以生存的这块“大分散、小集中”方圆百里的平原，一百多年来所发生的众多伤痛，进行了艺术再现。在他的小说中，找不到我们看厌的教诲倾向、“开药方”主义、主题先行、庸俗社会学的老生常谈、哗众取宠故作高深，以及欺世媚俗的表面浮华。木斧的小说，使我们更加懂得，遗留下来的人类社会未解开的结还很多，切不可粉饰太平。

（原载刊物不详。写于1994年4月）

宝贵的启示

——长篇小说《十个女人的命运》读后

/吴若萍

远在1991年冬季吧，就有人告诉我，著名诗人木斧正在写一部反映回族南迁，自清康熙迄今、时间跨度达一百年之久的长篇小说。听后止不住想到写这样一部带有史诗性的历史巨著，不说一百万字，最少没有五十万字是杀不住青的，然而想不到1994年收到作家寄来的反映这一漫长历史变迁的《十个女人的命运》仅十二万字，以这样简短篇幅概括一个民族百年历史该是何等艰难呀？

谁见过这样的长篇小说呢？

写的是同一家族背景下的四代回族妇女中的十个女人的命运，故事与故事之间虽然没有情节上的连续关系，但空间背景和人物都保持同一性，每个章节似写一个女人一生的命运，但又不尽然，这就使其从一个角度看是独立的，从另一个角度看又非完全真正独立（只有一个革命干部杜枝贯穿全书），各章独立成文，一人一事移步换景，与我们所熟悉的《儒林外史》在结构方面有着类似之处，从视角上看恰似中国画的散点透视。作家是写诗的，懂得在纷繁的生活中找到真正的“诗眼”，同样，写小说一落笔便一下跳到最能反映那类妇女生活的本质方面。例如第一章《孤独》中写到马氏至死也没有争到做姑娘、妻子和母亲的权利，以致在她弥留之际还渴望儿子喊她一声“妈”，在遭到儿子拒绝后复又提出最后一个要求，即在她死后不能让一位阿訇给她念经，原因是那位阿訇手臂曾碰过她的胸口。“我是老爷的人，别的任何男人都不能动我一下！”直到儿子答应了她这个请求，她才平静地闭上眼睛。作家就是以这样深邃的眼光来审视人类在那一特定的历史文化条件下所形成的精神世界，就这样以四代人十个不同妇女的命运的沉浮兴衰，恩恩怨怨，或悲或喜，或悲喜交织，反复地表现了她们的梦想和追求，以致刹那间的心灵的律动，从而多侧面地反映出回族百年历史文化形成的社会风俗和心理，如同让我们透过对树轮剖面的审视而能想象到那树干的高大和枝叶的繁茂。这样，小说便将百年历史的众多外部事件，以及环境背景的变迁通通置于作品文本之外，即使小说主人公肖像描写和心理活动也简约到不能再简约，真正做到契诃夫说的“艺术就是精简”；在表达上，作家也尽量回避历史长篇中惯用的善与恶、灵与肉那种斩钉截铁的冲突模式，以及所谓主题思想的冲突，而是以参与对照的手法写出人物虚伪中的真实，浮华之外的朴素，一句话，按照生活本来面貌揭示出那些虽平凡但却独特的女人生死所求的生存目标，从而让生活本身给人以所能给的，让读者取得他所能取得的。这种写法比只关注社会形态的恢宏，把更多笔墨泼洒在外部事件上，通过尖锐、强烈冲突演绎出某一善恶观念给读者的小说好得多，耐读得多！

小说的语言也很绝，读来很有特色。比如第二章《迷惑》中马太太怒骂丫头的一段，就显示出作家的高明。他不是通过描述而是通过语言来刻画人物。这段语言不仅让人感到像诗一样简洁纯净，而且，还有京戏唱腔的铿锵和话剧语言的动态感。即使我们闭上眼睛也会看到马太太因丫头打扮压倒了自己以及丫头等马旅长归来而妒火中烧。尤其因丫头有马旅长暗中护卫和支持，不理马太太恐吓和训斥走了过去，更使马太太疯狂吼道："你回来，我叫你回来，你给我回来，滚回来！"这几层递进的叠句，表现了马太太气愤到极点的心态，以致读者似乎形象地看到马太太气得面孔惨白，胸口大起大落的情景。全书十二万字，虽不能处处都是这等精彩，但庶几近之的地方却是俯拾皆是。

总之，《十个女人的命运》不论构架、内容、语言审美意识乃至表达方法都堪称独创，给我们文学，尤其历史长篇小说创作提供了很多值得思考的经验，是我省近年长篇创作的可喜收获。

（原载《成都晚报》1994年5月11日）

缘分的天空

——名丑黄德华和诗人木斧的交情

/任秀丽

名丑黄德华有许多戏迷朋友，最为体己的当属四川诗人木斧。木斧不仅是诗人，还是票友，是一位年届花甲才学戏的“老”票友。生旦净丑，各有千秋，木斧先生对丑行情有独钟：“咽下潸潸泪水，挤出阵阵嘻笑，泪是笑的燃料。不是替古人担忧，在台上又哭又笑，是为了排遣人生的苦恼。孤独在寂寞中无处藏身，只有在热闹的身后，把孤独的形象一把掷出，便挣来了满堂的笑声。”（《小丑自述》）

万事开头难，更何况花甲之年才学戏？真可谓“入戏难，出戏难，愈难愈学，愈学愈难。难在乐中，乐在难中，不难不乐，不乐不难。今生结下戏缘，从此坠入苦海，苦海无边戏路远，要想分手难上难。”一首《戏迷自叹》一唱三叹，读来令人不胜感叹。

有志者事竟成，功夫不负有心人：石伦（《铁弓缘》）立起来了，崇公道（《女起解》）立起来了，就连难度系数颇高的蒋干（《蒋干盗书》）也立起来了。

诗人以戏会友，赢来名丑以诗会友，看了木斧的《铁弓缘》，黄德华赠诗一首：“木翁喜丑似品酒，体味人生乐与愁。豪杰居中添茶友，有说有笑自风流。”看了木斧的《女起解》，黄德华赠诗一首：“奋笔画出纯真之美，粉墨褪尽露出天真。台上笔下怡然自得，同样悟出人生奥秘。”看了木斧的《蒋干盗书》，黄德华又赠诗一首：“粉墨周郎同窗友，恭喜更上一层楼。怡然自得多潇洒，应列群英票房头。”

艺术相通，他们的缘分源于戏和诗，十年过去了，两人的交情已经铁到了称兄道弟的地步。

前一阵子，木斧报名参加全国电视京戏票友大赛，事与愿违，竟落选了，“落选了，梦醒了，本来‘老年无梦’，以后再也不做梦了。”心中郁闷难以排遣，遂写了封“鸡毛信”给“黄兄”，“黄兄”好一通开解：“凡事贵在参与，此事虽败犹荣。”一把钥匙开一把锁，木斧想通了：“追求是无止境的，我还得练。”

（原载《北京京剧院通讯》2002年1月第66期）

木斧朝霞晚霞的清亮光彩

/张珏娟　孟婷婷

“少年学诗，花甲学戏，古稀学画。”这是木斧给自己的定位。无论是激情澎拜的少年还是安于天命的晚年，知识、娱乐贯穿老人的一生。

笔名是个符号

和木斧说诗，犹如听他讲故事。首先让人好奇的是“木斧”这个名字，经历了解放战争、改革开放等多个历史时代的木斧，用这个笔名一定有特殊的意义。记者的猜测让70多岁的老人哈哈大笑：“很多人问过这个问题，其实没有独特之处，是飞来之笔。”

写过小说的人都会有一种体会，就是小说中的人物名字是飞来之笔，笔已经接触到这个人物了，才突然想起给他取个名字。某个人物的典型性格是经过深思熟虑长期孕育的，但名字有时是突然冒出来的，木斧的名字就是这样得来的。木斧原名杨莆，他嫌太死板，便将杨字去掉一半，而莆字砍不开，便用谐音字来代替，于是就有了木斧，要说这木斧有什么意思，其实就是个符号而已。

以诗闻名的木斧，写作生涯其实是从写小说开始的，1946年他用笔名“默影”发表了第一篇小说《胡先生》，之后便开始了诗的创作，发表诗用笔名“心谱”。木斧发表的第一首诗是1947年成都《光明日报》上的《沉默》，这首诗在“不能再沉默”的呼声中，回荡着一种难以抑制的气愤，激人动情，激人歌唱，激人反抗黑暗的统治。从那以后，木斧成了一位高产诗人，有的诗还收录在国文课本里，学校里的学生和老师一起学习却不知道诗的作者就是班里的学生。谈到这里，木斧的脸上洋溢着自豪：“1949年以前我用了许多不同的笔名，牧羊、羊辛、路露、寒白等，木斧的名字是1949年以后才固定下来的。”

“很多人把我到农村的经历定位为中年学农，这也是迫不得已，但创作被迫停止了。”1979年木斧“复出”时，已经从不惑到知天命了，不过他还是鼓起勇气重返文坛。木斧直接采用投稿的方法去“攻克”诗刊，一些诗刊不知道木斧是谁，以为这么执着投稿的人一定是位文学小青年，有一次木斧到北京和一些刊物主编见面后，圈内人才知道木斧已是年逾花甲的老人了。

京剧表演是养生之道

“真是隔行如隔山。当年我费了九牛二虎之力才爬上了诗歌这座山，如今下山了，我现在开始爬另一座山了，仍像当年写诗一样充满了信心。”

木斧爬的这座新山是京剧。离休后，木斧一心想发挥他年轻时演话剧的天赋，于是四处奔走，但一直未能找到业余话剧团。经过多方打听，得知省老干休所有一个京剧队，便去报名学戏。木斧这一举动，让人不解，这么大把年纪，还学戏干什么？修得庙来鬼都老了。

木斧有些不服气，决定一试。“我是不识谱，唱歌都要唱左的人，学京剧真的有点心虚。”好在当时京剧队正好缺一个丑角，木斧在话剧团里练就的“京白”派上了大用场，他学习一年后就登上了舞台。“多少有些遗憾，到老了才知道自己也有唱戏的天赋。”

有些痴迷的木斧一发不可收拾，一心扑了上去，最让家人不可理解的是，他竟然自费到北京学艺。1997年4月他进京拜访七十七岁的京戏名丑冯玉增，希望冯老能收下他这个“老学生”。冯玉增一听，感到奇怪，京剧丑角是对京味儿普通话要求很高的一个行当，四川人咋学丑角呢？冯玉增有些犹豫，可木斧很执着，索性念了一段段子让冯玉增挑刺。这一念，冯玉增大为吃惊木斧的“标准”，从此就多了一个徒弟。为了教好这位“老学生”，冯玉增将跟随自己多年的学生黄德华推荐给木斧。两人一见如故，互相学习，一个教诗，一个教戏。有一次，为了演好《钓金龟》里的角色，木斧干脆又跑到北京去找老师，在黄德华家里把戏从头到尾演了一遍。“五六年了，我们的学习更多的还是书信来往，现在大概有一百多封了吧，我都完完整整地保存着。里面记载着我对每一个角色的领悟。”然而，角色毕竟是要“动口”的，书信教授有时并不能解决“实际问题”。于是木斧又想到了另一招——电话念道白，让黄德华在电话那头纠正。得益于名师指导，得益于勤学苦练，木斧的每一个角色都演得有声有色，有时还会到专业院团串串场。

翻看着自己的剧照，木斧说：“我老了，我丢掉笔杆子并不是我的目的，而是我的方法，一种特殊的休息方法，目的是要继续使用笔杆子。”经过多年的京剧表演，木斧得出了一个养生之道：兴趣+运动=京剧表演。

为自己画像

木斧的画有些特别，有些像漫画又非单纯的线条勾勒。“每一幅画都是个人物，每一个人物都是我自己。”木斧得意地告诉记者，古稀之年，他进入了另一种状态——-为自己画像。木斧的自画像不是记者想象中的生活画，而是京剧的“附属产业”——戏装自画。唱了京剧又画京剧，老来的木斧有些“奇思妙想”。

“我画画是有基础的。”看着记者疑惑的表情，木斧解释道，“以前，我也画，不过多是临摹山水花鸟。”“转型”是在2000年，木斧的一位上海读者写信向他索要一幅画，而且明确要求是自画像。这可难倒了木斧，画自己还是第一次。木斧决定一试。形象来自照片，木斧还是充分发挥了他的临摹技术，把照片上的自己色彩光亮地搬到了画纸上。“画完后，我把整张画端详了好久，感觉良好，感叹着又发掘出了自己的另一个天赋——画画。”

木斧怎么也没想到，这一画就将他的京剧表演与绘画联系了起来。在一次朋友的聚会上，酒过三巡的木斧眉开眼笑地谈起了他的学戏经历。看着这位古稀老人在酒桌前顽笑戏耍的神态，朋友突然想起了“人艺”话剧演员牛星丽画的太监张诨自扮相，不由灵机一动，对木斧说：“你何不再画几幅丑角戏装自画像？”没想到这一时兴起的戏言，居然促成了《木斧戏装自画像》的出版。

在木斧的书斋里，记者见到了刚刚“出炉”的三幅新作。一幅是猫乘凉的漫画《好个凉水井》，另两幅是最近刚演出的丑角画像。木斧指着两幅戏装画问记者：“怎么样？像吧？”两幅画是两个不同的京剧角色，人物表情丰富，有种载歌载舞的感觉。木斧说，他画的戏装自画像都是从剧照中“提取”的，画画的过程就犹如再演一遍角色。“我画的每一个丑角都有不同的特征，除了人物本身的故事内涵外，我加进了自己的理解。你仔细看看，每一个人物的眼神都不同。”的确，记者在木斧的画册中看到，《四进士》中的刘二混与《金龟记》中的张义就有着明显的区别，前者眼睛斜视，呈现人物的狡猾，后者则是通过色彩表现出人物的忠厚。

记者札记

都说诗人拥有一颗童心，木斧就给我们这样的感觉。

在老人家里，木斧像过家家的小孩，不断把自己的“珍宝”拿到我们面前。诗集、相册……最后干脆把我们引到他的书斋，那里挂着他新制作的三幅未发表的戏装画。

“孤独在寂寞中无处藏身，只有在热闹的身后，把孤独的形象一把掷出，便挣来了满堂的笑声。”木斧就如他自己写的诗，热闹中满是笑声。少年学诗，花甲学戏，古稀学画。几次约木斧他都在外“奔波”，连他自己都笑着说：“都说我这个离休干部比工作时还忙，简直成了大忙人了。”

忙里偷闲的木斧终于和我们见面了，老远就出来迎接。老人给我们的印象很精神，很快乐。木斧说他的快乐来自于充实的生活，又写、又唱、又画，每天都有新内容，每天都有对生活的感悟。“忙得不可开交的瞬间，是我最大的幸福。”在几个小时的采访中，木斧把他的著作、剧照、画页小心翼翼地拿出来，又珍爱地放回去，看得出，这是一位偏爱生活积累的老人。木斧说所有的一切都是他的财富。“当生活有些安静时，我会回过头来翻翻我的历史，诗歌、京剧剧照、戏装画，每一页都是我用心记录下来的。生活的光彩也留在了回忆中。”

其实，木斧的精神状态顶多只有六十多岁，也许印证了他的忙碌让人幸福、幸福让人年轻的“生命规律”。在这样的规律中，木斧早出晚归，让每一分钟每一秒钟都充满活力、充满乐趣。

木斧说他写过一首诗，是说梦的，童年的梦是多彩的，老年的梦是银色的。“当生命的河流滔滔流去，一片银色的世界，把纯洁，留在了人间。”木斧在花甲之年就用勤奋圆了自己银色的演员梦，古稀之年又用执着成了画家。这两个梦想，是两道美丽的霞光，证明着“朝霞晚霞都有清亮的光彩，不过一个是来一个是去罢了”。

（原载《网络作品》双月刊2009年第1期）

诗人木斧与他的启蒙老师

/张　进

著名诗人木斧四十年代在担任诗刊《指向》编辑时，曾因发现并扶植一篇题为《渡》的诗作，从而造就了一位颇有名气的诗人——流沙河。而木斧本人的生活经历中也曾有幸遇上一个知音和一个启蒙老师，一生铭记不忘。他说："他是天边的一颗启明星。他不很明亮，却努力眨着眼睛，照亮我走向文学的道路。"

他是谁？他叫王育民，湖北荆州人。

木斧祖籍甘肃固原，回族。1943年少年木斧考入成都市唯一的回民学校——西北中学。这是一所坐落在郊区土桥乡的学校，有一个怪雅致的绰号——"米西古刹"。

第一课，初来乍到的王育民险些砸了锅。他二十多岁，不修边幅，瘦骨嶙峋，穿一套常年不换的黑布西服，进门清清嗓门说道："第一课——教《兰相如与廉颇传》。"

哄堂大笑。先生认了白字，立即有人站起来报告："蔺相如不姓兰，姓蔺。"

王育民很机智，捂住双耳，连声说"耳痛、耳痛"，然后放下手，平静地说："蔺相如当然姓蔺，我耳朵痛起来很难讲话，可我还得讲，哪个说姓兰嘛？"

从此，他被木斧等学生起了外号叫"草包"。其实他不能称作"草包"，他的白话文水平相当高。他在武汉上过大学，为生计所迫，没得文凭便退了学。他在当时中学教师中是个激进派，主张教白话文，受到所有国文教师的仇恨。

有一次，木斧为激怒他，便叉腰大叫"草包"。王老师却说："草不好吃，牛奶好吃么？我是牛，吃的草多，挤出来的奶也多！"

"什么？"木斧觉得他的比喻很新鲜。

"这是鲁迅先生打的一个比喻。"他反唇相讥，"草包，连鲁迅的名字也不晓得！"

不打不相识，两人成了好朋友。王老师坦白说，他在课堂上教古文纯粹是混饭吃。他平时读的写的全是白话文。一个星期六的晚上，教师领学生到自己家读书。王老师独身一人，租了三桥楼上一间十平方米的小屋，书占了半个房间，全是现代文学和翻译文学作品。木斧一天一次，开始向教师借鲁迅的《野草》、郭沫若的《女神》、拜伦、雪莱、普希金、泰戈尔的诗集……

年终考试，木斧胆大妄为，用白话文做起作文来，名为《洗衣妇》。讲一个女人的丈夫被抓壮丁，天天以泪洗面。一个风雪之夜丈夫开小差回家又被抓走，幻想破灭，她快要奄奄一息了……一篇小说，把一本作文本都快写完了。王育民看后拍案而起，大加赞赏，准备推荐给报纸。可是训导主任要了作文，一边看，一边摇头，打了零分，还训责王育民身为回民违背“教规”，当心“饭碗”。第二学期开学王育民从此不见人影，师生从此分别了。被解雇，抑或辞职，谁也不清楚，反正与《洗衣妇》有关。

木斧在40年代中期一举成名后，时常怀念王育民。特向汉口《新湖北日报》投寄并发表了怀念诗作《走——怀念启蒙老师王育民先生》：“没有礼品/没有掌声/你走了/在黑夜里消逝……”诗人在70年代后期重新“崛起”，还时常向湖北荆州的诗人打听：“你知道王育民的下落么？是活着，他该有六十多岁了吧？”

（原载《湖北日报》1991年10月13日）

初识木斧

/萧莫（九十五岁）

第一次看见你的时候，
你还是一个小青年；
今天，你的园地里，已经
开满了鲜花的诗篇。

1949年12月初，我到成都打听解放战争的进展情况。我住在小天竺郭子良家，他是地下党党员。

一见面他就说："现在成都紧张得很，垂死的时候，敌人发疯了，到处抓人。你来得正好。我们有一个同志，特务要抓他，请你带他到乡下躲几天。"

凭着一股浩然之气和信任感，我慨然答应了。次日一早，郭子良领来那人，是一个十八九岁的小青年，看样子稚气十足。我们默默无言地走出了城。这时候我才知道他的名字叫杨莆。他爱好文学，爱写诗，曾经读过我在《七月》上登载的小说。他说《七月》上登载的作品战斗性都很强。他周围的人都喜欢读。于是他列举他们的名字，并且告诉我他们在文学上的活动情况。从他的话中，我发现这个十八九岁的小青年不但在政治上前进，而且在文学上懂得很多，并且有他自己的见解。

我多么高兴结识这个年轻人！1955年反胡风时我被逮捕审查，审讯人问我："你为什么喜欢跟年轻人在一起呢？"好像我跟年轻人在一起是别有用心，是在搞阴谋活动。

从成都到花园场八十华里。我们边走边说，在这条坑洼不平的路上我们从不认识到认识，到结成亲密的朋友。

傍晚时候到达我们家。

我在谷仓前给他搭了一个铺。

第二天，进步青年周启志和余元忠二人来，看见杨莆，三人一见如故。杨莆不多说话，好像小姑娘一样腼腆，而周启志和余元忠却争抢着发言，把地方上的情况一一搬出来告诉他。

"你到幺店子一看，你就啥都明白了。"他们想邀约他到幺店子去。

我的父亲对杨莆说："你少露面好些，少惹些麻烦。"

我父亲的担忧并不是多余的。杨莆才来两天，我们全村的人都知道了。特别是那些提起共产党便谈虎色变的人。他们奔走相告，一传十，十传百，几天之内，街上的袍哥大爷和乡公所的一伙人都知道了我们家来了一个可疑的陌生人。

我只好扬言说："这是个大少爷，他父亲是成都的大资本家，听到共产党打来，怕得要命，叫他到乡下来躲一躲。"

杨莆来的第八天，我的父亲从街上回来，惊惶地对我们说：“听说这几天来了大批特务，成都吃紧，他们是来逃命的。恐怕他们会勾结地方上的土劣，来一个大屠杀，我看你们躲一下吧！”

然而谢天谢地，不几天成都和平解放了。我带着杨莆到花园场街上看新气象。太阳暖洋洋地照着我们，不是春天胜似春天。街上那些头面人物都不见了。十字街头站满了人，一堆又一堆，都穿得破破烂烂。他们欢笑、打闹，喜欢得好开心。

我邀约周启志和余元忠两人到我们家里来庆祝解放。太阳偏西的时候，我们才把这顿庆祝饭做好，大家围着桌子坐下，每人面前放一个饭碗当酒杯，杯里都斟着酒。

杨莆首先站起来，第一个向我敬酒。

他说：“我们素不相识，你冒险保护我。我敬你一杯！”

我说：“我认识了你，从你身上吸取了新鲜血液，我年轻了。我也敬你一杯！”

杨莆接连喝了五杯，他那白净的脸突然泛红了。他有些醉了，话就更多了。他张开嘴巴，敞开喉咙，唱起《国际歌》：“起来，饥寒交迫的人们……”

（原载《市场消费报》1995年4月2日）

木斧轶事

/弥　儿

初次见识木斧先生的“风流韵事”，是十年前的那个秋高气爽的日子。

绿荫遍地闻名全国的某高校，授牌“园林化单位”的校园深处一座礼堂式的大会议室，联欢晚会的灯光透过密密的树影，投在林园甬道上。热情洋溢的男女大学生把会场挤得水泄不通。炎夏的余威把一个清凉的世界切割出一片欢腾热闹的去处。来自全国各地的诗歌界的精英在这都市的远郊荟萃，木斧先生来自成都。

一位男青年（大学生）登台朗诵了已经被淡忘的一位军旅诗人的成名作《将军，你不能这样做》，赢得全场的深度共鸣，掌声如风雨乍惊，鬼神俱泣。接下来是湖南一位走遍三湘四水，巡回朗诵的“行吟诗人”自己朗诵其诗作《迪斯科》，男中音雄浑、刚烈、威猛的独白式文人话语，给在场的男女大学生们以新时代的激昂，那不甚和谐的配乐，为晚会注入了那么一笔“异端”色彩。掌声如青春的喧哗，把会场的热烈推向高潮。中国当代诗坛匮乏的阳刚之气在今宵一振雄风。再有朗诵节目，很难见好了。

本乡本土的女诗人[1]在台上受宠而不惊不乍，面对报幕的与起劲鼓动“围攻”的莘莘学子，她拒不表演节目，鬼灵精怪地宁可向里三层外三层爆满的观众席一一行“转转礼”，立正鞠躬谢幕，打一个“家乡人”放她一马的“饶命拳”。众学子益发鼓噪，不依不饶。逼得“果园诗人”把当年在农场宣传队混工分的一招，亮了出来。没有伴奏，清唱一曲《黄杨扁担闪悠悠》，闪得土色土香，颇有泥土味儿，亲切而传神。一屋子的掌声叫好声也放肆而淋漓酣畅，存心促狭妹子的乡情、亲情、手足情热得险些把天花板烧穿。座中各地诗人代表一见这阵势，多少有些发怵，出什么节目也难以取得更好的出场效果了。笔者混在宾主之间，偷看热闹。一则替下一位担心，一则有几分幸灾乐祸，看谁个高手来“捡”这个“场”。

报幕的女大学生一板一眼，吐词清脆悦耳：“现在大家欢迎诗人木斧老师为我们来一段他最拿手的京剧……”全场肃静，那肃静里充满着20世纪80年代中期大学生青春躁动不安的期待与探询。这位“七月”诗人群体中的最年轻的歌手，如今也是应届中文系高才生们的老前辈了。京剧？外语系、音乐系、美术系、戏剧系，以及理工科的学子们，我敢打赌，全场数不出几个“内行”，连“票友”也难觅。这节

---

① 这里指的是女诗人傅天琳。

目镇得住热忱而率真，大度而挑剔的男孩子女孩子吗？礼节性的掌声只会使台上台下尴尬而让整个晚会黯然失色。这一厢只顾“叫花子可怜相公”，只见一个团团脸虎头虎脑的汉子弥勒佛一般上了台。木斧先生中等个头，大大咧咧，笑眉笑眼，两腮簇青。不仅不怯场，反倒似请他赴宴，为他点了一道他喜欢吃的特色菜。不紧不慢地道出所唱的剧目中，一个不算角色的上场人物“差役跟班”之类的一声吆喝。静了一下，只见他立定舞台，让我分不清七荤八素地吼了一嗓子——不是唱腔，不是念白，就这么一嗓子吆喝，吼得高亢洪亮、韵味十足、荡气回肠，切合身份，推进剧情，表现了人物关系，顿时把所有在场的人带入了规定的场景，一分把钟博得一个满堂彩，全场爆发出一阵排山倒海般的喝彩声、掌声、笑声、欢声，一种出人意料令人惊喜的如醉、如痴、如狂……在这个联欢晚会“压轴”之处，给人一个毕生难忘的印象。

从那以后，关于“真名士自风流”[①]启迪在木斧先生的绝妙一吼中得到最生动的印证。那可是这位回族作家、诗人的真功夫哩。

（原载《沧海》副刊1997年第1期）

---

① 木斧表演的是京戏《大登殿》中马达江海的念白：“遵旨，大王有旨，宣代战公主上殿啦！”

木斧印象

/欧阳文彬

木斧说，他和我的相识是一种缘分。这话不假。

他在成都，我在上海，本是碰不了头的。二十年前，我怀着“拨乱反正”的愿望，把“文革”中被批为毒草的评论文章编成《赏花集》，投寄四川人民出版社。和我联系的是责任编辑段百玲。他没有出面。出书以后，段百玲告诉我，上海有人写信去阻挠此书的出版，是编辑室主任杨莆排除干扰，拍板签发的。这时我只知道他是一位可敬的编辑。

1982年我去成都登门拜访，才知道他是一位诗人——20世纪40年代相当活跃，50年代被打成“胡风分子”，下放劳动二十余年，复出不久的诗人木斧。坎坷的经历并没有湮没诗人的童心。他热情、爽朗，听说我是初次到成都，就自告奋勇当导游，陪我去逛唐代女诗人薛涛的故居，以竹闻名的望江公园。竹子，我见得多了，竹林也没少见。像望江公园这样满园翠竹，而且名竹荟萃，目不暇接的景象还真没见过。高的如拔地冲天的修竹，矮的如野草般丛生的紫竹，还有来自我的家乡的香妃竹，以及与众不同的方竹，大腹便便的佛肚竹……这一切对木斧来说肯定已不新鲜，他仍然饶有兴趣地陪我在“竹的世界”中盘桓了一个够。

第二次见面是木斧来上海出差。他找到我家，正值京剧小生演员费三金在座，于是谈起了京戏。原来木斧还是个票友。他唱丑角，师傅是马富禄的徒弟……（拐弯抹角却都有名有姓，可惜我记不住）听说费三金是上海戏曲学校出身，曾直接受教于俞振飞，他羡慕之至，当即要求和费对一段《群英会》，费演周瑜，他演蒋干。两个人在我的陋室内放开嗓门，居然是旗鼓相当，配合默契。没想到平日温文尔雅的诗人，会有那么冲的嗓音。费三金也夸他够得上专业水平。

第三次见面是1996年，我重访成都。木斧已离休在家，却没有闲着，一直在忙演出。剧照插满了一本又一本相册。从《女起解》中的崇公道到《法门寺》中的贾桂，会的戏不少。可以想见，为了崇公道出场时的一声吆喝，为了贾桂一口气读完那长长的诉状，得花多少精力苦练。为什么如此钟情丑角呢？一首小诗道出了其中的奥秘：“咽下潸潸泪水，/挤出阵阵嬉笑/泪是笑的燃料……”（《小丑自述》）

这次见面，木斧还给了我一个新的印象。他送我一本长篇小说《十个女人的命运》，说：“很多人以为我只会写诗，不知道我常写小说。”还说：“我的性格叫我写诗，我的经历叫我写小说。”木斧的选择是他的性格和经历使然，所以他做起来都那么执着。

最近收到他寄赠的中短篇小说集《汪瞎子改行》，才知道他是从写小说步入文坛的，后来也没有放弃写小说。尽管他在《后记》中说进入古稀之年，写小说该封笔了，但在21世纪的安排中，除了演出京剧之外，还恢复了绘画和金石治印……艺术天地是广阔的。诗人的晚年多潇洒！

（原载《新民晚报》2000年7月30日）

成都祥和里寻访著名诗人木斧

/魏　萍

不久前，记者参加完中国格律体新诗重庆酉阳论坛，专程绕道成都采访了当代著名诗人木斧。二十七年前记者曾与木斧在玉门石油诗会上相识，那时即知他与宁夏有着扯不断的渊源：祖籍固原，本人又是回族。

从重庆到成都，坐动车不过两小时余。按照电话里的提示，记者寻到一个非常富有诗意的地方——祥和里。直对楼梯的一户人家门虚掩着，显然在等人。果然，记者进门后听到的第一句话就是："今天哪儿都没去，一直在等你。"虽然整整二十七年没有见面，闻声睹人，仍是当年那个爽朗的木斧。掐指算来，先生今年已经八十一岁了，可是精神矍铄，一件黄色T恤更是让周身流淌着阳光和生动。

客厅同时兼书房，写字台对窗而设，一看便知主人是个不设防的人。落座不久，先生送上几本早准备好的书，还有一张复印的纸页，待记者细一看，眼眶立即湿润了，那是1985年8月我在玉门石油诗会上向先生的赠言：我把美好的祝愿留在您的身边，永远！先生紧随后面写道：永远留作纪念。说心里话，尽管记者保留着先生当年寄赠的《木斧诗选》（宁夏人民出版社），以及一张珍贵的合影照片，可对这件事早忘了，就算没有忘记，也绝不会想到一位大诗人竟保留着一个黄毛丫头的字迹。感动之余，再翻看先生的最新诗集《一百五十个诗人的画像——1947—2010年书信诗选》，终于明白了，不管对方是谁，不论名气大小，先生重视人世间的每一份真情。正因为这样，先生年岁增高不少，才思才情不减，诗笔更健更精彩，愈是晚年愈收获事业，收获人生。

先生原名杨莆，笔名木斧。所以叫木斧，是嫌杨莆太死板，便将杨字去掉一半，莆字砍不开，只好谐音成“斧”字。说到木斧笔名，有这样一个小故事，上海一位诗人有感于木斧诗歌针砭生活，锋芒锐利，于是寄赠一首短诗：“木斧先生/我想给你改名字/改为诗斧/因为你写的诗鞭辟入理/削铁如泥/入木三分！”木斧感谢对方夸奖，于是复函道：“若改‘诗斧’，这名字太神圣了，不敢当；改‘金斧’，太贵，我担不起；改‘钢斧’，太重，我挺不起。所以，还是作为木制玩具，供小朋友玩乐吧。”先生性情由此可见一二。

木斧1946年开始正式发表作品，至今创作旺盛，著有《木斧诗选》《诗的跋涉》《木斧短文选》等诗集、评论集、童话集、短文集、中短篇小说集、长篇小说集等几十种，作品先后收入《中国新文学大系》《中国新文艺大系》

《中国四十年代诗选》《中国现代经典诗库》《20世纪中国新诗辞典》等一百六十多种选本。生平载入《中国作家大辞典》《中国作家自述》《现代诗人辞典》等一百多种辞书。代表作《沉默》《春蛾》《过三峡》被国内外报刊广泛转载、引用和评论。应该说，作为回族诗人，木斧在我国少数民族诗歌史上具有较高地位，在中国新诗史上也是一位风格独特的诗人。

饶有兴味的是，木斧老年喜欢上戏剧，尤其专攻丑角，先后演出了《卖马》《群英会》《女起解》等五十多个剧目一百多场次，七十一岁时加入中国戏剧家协会。有人问木斧缘何对丑角情有独钟？答曰："我一生坎坷，红黄蓝白黑都经历了，在舞台上嬉笑怒骂都有亲身经历，表现起来真切自然。"先生是将人生看作大舞台，将大舞台看作人生，不回避苦难，细嚼生命苦辣酸甜，乐享洒脱自由人生。

丰厚的才思，流溢的才情，令先生古稀之年又开始学习戏画，创作了系列《木斧戏装自画像》（人民日报出版社出版），获《中国电影百年书画展》佳作奖，收入《中华翰墨名家作品收藏宝典》《亚洲华人书画艺术博览》《中国书画作品收藏宝典》《世界学术文库》等图书画册。现任东方神州书画院顾问。

"少年学诗，花甲学戏，古稀学画。"这是木斧给自己的总结。而无论学诗，无论学戏，无论学画，都让木斧修炼到了一个比较高深的境界。2009年，先生腿脚不太灵活了，决定告别舞台，退前仍不忘将新诗和戏曲拉到一起，于是，成就了诗歌创作的一个特殊组成部分——木斧戏诗。先生说："来也匆匆，去也匆匆。……我只是告别舞台，并没有弃诗，我的诗，不是照样还在天空中飞翔吗？"

戏里的人生，诗里的人生，真实的人生，演绎得都那么精彩，木斧是第一人。

先生写过一首诗《八十自寿》：小时候，面对门前的大山/胆怯的我问自己/我能爬上去吗？/今天，我毫不费力地登上了/八十岁的大山，这小孩/怎么一瞬间变成老爷爷了？……

深感岁月"逝者如斯夫"的木斧，没有沉重的叹息，于天真中参透了人生，升华了人生，这不值得我们每个人学习吗？

不知不觉过去了一个多小时，我起身告辞，先生执意要送下楼，又一直送出小区，还一定要看着打上车。我坚持说想在祥和里走一走，先生便站在高挂着的太阳底下目送，走出几百米了，回头一看，先生还立在那儿。成都的天气很热，就这样，记者几步一回头地向先生挥手，忽然间发现了先生正前方立着的"祥和里"三个字，此情此景，不禁让我于心里再次对先生说：我把美好的祝愿留在您身边，永远！

（原载《宁夏日报》2012年7月26日）

与诗人木斧的一段忘年情缘

/马天堂（回族）

谢谢你，捞起了我失落的记忆

我古老的家园呵，我想你

我想你想得神魂颠倒了！

这是诗人木斧老人读了我写给他的信，寄赠给我的一首诗中的一节，这首诗的题目叫《想家》。已是耄耋之年的诗人木斧深情地说："我古老的家园呵，我想你/我想你想得神魂颠倒了！"每次，当我的目光触及摆放在沙发扶手边的那一摞书籍时，就会想起这位老人，想到他的这句深情的诗，这是一位老人对故土的深深眷念。去年年底，我将这首诗及木斧老人早年诗集中写固原的几首诗一同发在我的博客中，取名"木斧——家乡的恋歌"，受到不少朋友的好评。

木斧，原名杨莆，回族，祖籍宁夏固原。在《木斧短文选》的一篇《自我介绍》的短文中，他说："1931年农历七月初四，我呱呱坠地于一个动荡的年代。我家祖祖辈辈都是回族，当时我家正处在漂泊流亡之中。祖父由甘肃固原

（1958年宁夏回族自治区成立后，固原划入宁夏）到了四川省广元，又从广元到了成都。我就是在成都出生的，祖父去世之后，父亲又搬家去了康定。我在康定度过了童年，1941年，我随父亲回到成都，从此在成都定居下来。”木斧1946年开始发表文学作品，1948年参加革命，1955年在“胡风案件”中被定为“受胡风思想影响较深的人”，停笔二十年。1979年复出后，曾任四川文艺出版社副总编、编审，1992年离休。

木斧是我国文学艺术界的宿将，2009年获得中国作家协会颁发的“从事文学艺术创作六十周年荣誉证书”，2010年获“当代中国杰出十大民族诗人”奖。迄今老人从事创作已超过一个甲子年，先后出版有诗歌集、小说集、评论集、散文集、书画集等文学作品集二十二种，其中《木斧诗选》、《我用那潸潸的笔》等多部作品获全国大奖，作品先后收入《中国新文学大系》、《中国现代经典诗库》等一百八十多种重要选本，其生平事迹入编《中国新文学大辞典》、《中国百科大辞典》等八十余种辞书，代表作《沉默》、《春蛾》、《过三峡》广为流传，不少诗作被译成英文、法文介绍给外国读者。

我上中学时就读过木斧的诗歌，见到并聆听木斧诗歌是在固原师专读书的时候，与老人的这段忘年情缘很是偶然。2012年秋，《宁夏日报》记者魏萍女士寄给我一首诗，是木斧老人写给她的。这首诗写得很感人，得知了魏萍与木斧老人的忘年诗友之情，很是感慨。于是，我将这首诗推荐给我报副刊发表，并写了篇短文介绍。报纸出来后，我将报纸分别寄给木斧和魏萍。不久，收到木斧老人的信。他在信中说“我已经几十年不见故乡固原的信息了”，流露出浓浓的思乡之情。老人还寄来刊发在2012年第三期《中国诗人》上他的小传和由他签名的书签。

顺便交代一下，我写的那篇短文叫《让人感动的忘年“诗谊”》。短文中有这样一段话：“说起木斧，让我思绪翻飞。1984年，我在大学读一年级，第一次聆听到木斧先生讲诗。至今记得他和我的老师、诗人丁文唱和的诗句。他写的那首诗的第一句是：‘我是一只深情的候鸟——’。木斧，祖籍固原，他的祖辈于清同治动乱年间迁居四川，这是他生平首次踏上魂牵的土地时发出的深情慨叹。他十足的川人‘派头’，中等个子，川腔川调，健壮硬朗。我的老师丁文写给木斧的首句是：‘我是一粒饱满的种子——’。丁文（丁文庆的笔名）是北京人，1960年大学毕业分配到固原工作，直到1992年离开固原。”

需要订正的是，我在这篇短文中所说的唱和诗句张冠李戴了。不久，我从木斧老人寄来的他于1990年出版的诗集《乡思乡情乡恋》中读到他与丁文的唱和诗。短文中所引的那两句诗均出自我的老师丁文诗《这片土地》：“我的青春/是一粒饱满的种子/不嫌弃/这片土地的贫瘠……你的乡思/是一只多情的候鸟/不忧虑/这片土地的偏僻。”木斧当年写的诗叫《候鸟——答丁文》。“虽然场地变换了/虽然地域转移了/多情的候鸟不忘故土/爱的种子不挑选土地……虽然候鸟飞走了/它还在歌唱/歌唱这片土地/歌唱勤耕的人。”这两首唱和诗写于1984年7月，一晃三十年，而今读来依然打动人心!

1984年6月，木斧“终于回到了我从未见过面的老家固原”，这次大西北之旅使他的诗歌创作如泉涌一般。诗人苏菲在诗集的序中说：“怀着朝觐圣地似的虔诚，木斧大西北之行，诗思如潮涌，遂有以《乡思乡情乡恋》命名的诗集写成。”木斧也在这本诗集的后记中这样说：“我有两个家乡，一个是我的老家宁夏固原，一个是我的第二故乡川西平原。一个在山区，一个在平原。一个在西北，一个在西南。它们时时刻刻影影绰绰地在我的记忆中闪光。”他在固原行历讲学，写了大量情真意切的诗，如《渴》《固原行》《水》《固原人》《固原石》《哭须弥山》《固原念》《回回家》《家书》《故园》《长城》等等。也就是这时，我有幸见到并聆听了他讲的诗歌。

话题回到前面。2012年11月11日收读老人的来信，知道他特别渴望听到家乡的情况。次日，我写了一封介绍家乡发展变化的长信，并寄去拙著《高歌思语》和《固原发展纵横论》。我在这封长信中介绍了固原的情况。大概内容是：固原面貌已经发生了巨大变化，在党和国家的关怀下，发展得特别快。您曾经讲过学的固原师专，今天是拥有数千名师生的全日制本科师范院校了。固原城市早已从明清时代的旧城区规模的框架中走出来了，城区面积扩展至30多平方公里。有宝中铁路、福银高速和六盘山机场。固原正在成长为镶嵌于西安-兰州-银川三个省会城市交汇点上的一座节点性明星城市，自治区的定位是宁南区域中心城市。“十二五”初，自治区针对固原加快发展给予诸多更加优惠的政策。如生态移民工程，就是将那些居住在不适宜生存发展地方的群众搬迁到塞上沿黄地区，使固原的生态环境得到尽快恢复。还有扶贫攻坚战略、工业强市战略、旅游发展战略等。

老人来信说，家乡的变化让他兴奋得晚上睡不着觉，还特意寄来他早期的十四本作品集，并赠我一首诗——《想家——给马天堂》，诗的第二节是这样的：“三十年前我抱走的固原石/原来那不是石，那是瑰宝/那是名扬天下的硝盐呵！马铃薯成群结队地来了/从六盘山一直堆到须弥山/把兰州银川固原拉成一根线！”诗中说到硝盐、马铃薯、须弥山及“把兰州银川固原拉成一根线”的话，也就是说，老人从《固原发展纵横论》读到了盐化工项目、马铃薯产业、西兰银商贸物流规划等等，我的眼前不禁浮现出这样的情景：一位耄耋老人在灯下借助放大镜在努力地“找寻失落的记忆、找寻想家的寄托”的一幕幕，足见故乡在游子心头的分量。

我在读木斧早年的诗集时，读到1984年7月4日、5日在固原写的两首：一首叫《哭须弥山》；一首叫《固原石》。一种历史的沧桑感涌上心头。这里我把这两首诗扼要介绍给读者，让我们在木斧老人的诗句中一同回首三十年前的固原、三十年前的须弥山石窟：“千年的须弥山……比起敦煌龙门云冈/造像云集千般好/比起大足石窟/‘媚态观音’姿色好。”然而，眼前破损的佛像……“有的哭瞎了眼/有的鼻涕流涟/有的垂头到脚边/有的全身模糊了。”这哭声惊动了北京的文物专家，引来了本地的建设者，“都来问候/都来参观”，诗人期待着“抹去哭脸换笑颜”的那天。这一天终于来了！《固原石》：“离开固原的这一天/我悄悄地抱走了一块岩石/用鲜艳的枕巾抱扎/用白色的塑料绳系上蝴蝶结带……我抱着一块固原石/抱着一颗沉重的心/抱着一个新的希冀……我用我的心血/摊贩粗粝用石头雕成固原城……让它睡在我的枕边/天天和我见面，天天和我谈心……”

木斧老人，固原在祖国的怀抱中，沐浴着改革开放的春风，正在发生着前所未有的巨大变化。谨祝您健康长寿！

（原载《文化固原》2013年3月13日）

用诗歌唱响生命

/余启瑜

2015年9月18日，木斧文学创作七十周年暨《给200位诗人的画像》出版发行座谈会在成都文轩格调书店举行。

其实，这个消息早在一个多月前木斧就告诉我了，然而，因为七月的酷暑和接踵而至的连连暴雨，致使此事一再搁浅，不过，风雨过后总是有彩虹的，9月18日，一个有着厚重历史纪念意义的日子，座谈会终于如期而至。

文轩书店见得多了，而坐落在建设路地段的文轩格调书店，却以自己独有的静谧且不失典雅的格调，安然地跻身于繁华与喧嚣之中。一个有秋阳斜照的日子、一个低调而又很有些诗意的书店，在这种场合随心座谈、签名售书，对于同样低调的木斧来说无疑是最合适不过的了！

在充满书香的店厅里，任何一个到场者都会由衷地感到，以八十五岁耄耋之年迎来文学创作七十周年的木斧，又在近年来将原著《一百五十个诗人的画像》追加为《给200位诗人的画像》，足见木斧诗情不老、宝刀不老，实乃可喜、可贺哇！

回顾我认识木斧，当是从20世纪80年代读他的作品开始。那时，在我供职的报纸副刊《锦水》上，不时会出现这个名字，因为能够读懂他的诗，所以，也就记下了这个容易记住的名字，然而，真正见到木斧木人，却是在相隔近二十年后了。那是2005年5月的一个春日，经女友陶佳桂引见，在青羊宫的茶馆里第一次见到了木斧。青羊宫茶馆座无虚席，场地杂乱且人声鼎沸，在我想象的感觉中，与头顶桂冠的诗人雅趣及情调相去甚远，悄声问女友："怎么选这么个地方聚会？"她说："木斧只喜欢竹椅和盖碗茶，能把这两样东西配在一起的，只有青羊宫！"原来如此！于是，这个有着执拗和坚守秉性的鲜活特征，便是我从他的诗以外获得的。

屈指算来，与木斧结交虽已十年有余，但与在场、不在场的和木斧同时代重量级的故交、老友们相比，实在是无法同日而语，我等晚辈，顶多也只能算个粉丝级别而已，甚至，对于木斧，我在心中永远都是高山仰止的，然而，这十年来，木斧的作品和他的人格魅力却深深地感染着我，影响着我。他说："诗，从本质上来说，是文学中的文学，它，就是精粹，就是凝练，就是浓缩，就是精雕细镂，就是千锤百炼。真情，是诗的灵魂。没有真，便没有善，没有美了。"（见木斧著《诗路跋涉》81页"我喜欢晶滢的诗"）关于做人和作诗，他也言之凿凿地说过："人品和诗品应该是相通的，有些朴实无华的诗往往通过诗品可以透见诗人的人品，……现在还有另外一种诗，诗如绣花枕头，表面精致细腻，内容苍白无物，看不出诗的写作年代，也看不到诗人自己的形象。诗品和人品脱了节，诗成了文字游戏，谁还有兴趣看呢？”（见木斧著《诗路跋涉》84页“关于人品与诗品”）我不会写诗，但是我认为，这些宝贵的经验和谆谆教诲，不仅对于我来说是受益匪浅，而且对于任何一个从事文学写作和热爱文学写作的人来说，都是值得仔细咀嚼和品味的。

回望木斧的文学、诗歌跋涉之路，实在是沟壑纵横、崎岖险要，最为嶙峋的一座山梁竟然足足攀爬了二十余载……在他默默地踽踽独行之后，读者们终于从群山峻岭中听到了一个悠长而斩钉截铁的回声：在苦难面前，“强者是不会发声的！”随之，又看到了破茧而出的“一只会飞的蚕”！

我没有在那样令人望而却步的山梁上跋涉过，只是听到过木斧如巴山背二哥那样的山歌，或高亢激昂，或低吟浅唱，这歌，能使听者从中吸取成长的养料；我看过木斧演戏，那是他换了一种形式的高歌，是美到极处的探索和创造，这戏，能让观众在丑与美之间寻找人生的坐标。

是的，木斧曾经说过他再也不会写诗了，可他终究还是写了，而且写得一发不可收拾，仅从《一百五十个诗人的画像》到《给200位诗人的画像》就是最有力的佐证，况且，他今天也没说《给200位诗人的画像》就是封笔之作！木斧还说过，他再也不演戏了，我甚至看过他的告别演出，可是，后来他又上台演出了。不写，又写了，不演，又演了，都不足为怪，因为我始终相信，一个跨越了世纪的人，仍然钟情于竹椅和盖碗茶，又何况他终生矢志不渝的诗歌与京戏呢！窃以为，他手里的那把斧，乃是木头做的，其功能不具备砍断他的诗歌情怀，也难以砍断京胡的琴弦。今天，他不是又唱了吗！当然，那只是一曲清唱。京戏的行头对于他或许是沉重了一些，但清唱一定不会终断的！

八十五载春秋，七十年文学写作之路，木斧一路走来，且歌且行，且行且歌，一个由时代造就的诗人，他必将为时代而放歌，也必将以他的诗歌唱响生命！

（原载《四川散文》2015年第6期）

木斧，写“爆着火花的诗”

/李鸿然（回族）

木斧原名杨莆，1931年生于四川成都，祖籍宁夏固原。木斧早慧，20世纪40年代在地下党领导的《学生报》上发表处女作时，年仅十五岁。他是为中国人民的翻身解放而走上诗坛的。在回顾自己创作历程时，木斧说：“如果离开了那个革命大风暴的时代，如果我不是在白色恐怖下冒着生命危险参加革命，如果我没有对灾难深重的祖国和人民抱有满腔热忱和期望，我不可能走向诗歌创作的道路。”为革命而写诗，其诗自然有革命色彩，能适应革命需要。新中国成立前三年，年轻的诗人在成都、重庆、武汉和香港等地报刊上发表作品159篇，其中《疯孩》《冬天》《我们的路》《献给五月的歌》等诗紧密配合了当时的革命斗争，一些进步报刊争相转载，受到好评。《血，不能白流》一诗，愤怒控诉了1948年国民党反动派在成都制造的“四九血案”，发出了“血债，要用血偿还”的战斗呐喊，被四川大学地下党作为诗传单印发，成为射向刽子手的投枪。1949年，为了迎接四川解放，木斧同一些进步作家合出了诗集《路和碑》，在当时的文艺界和青年学生中产生过一定影响。

20世纪50年代初，诗人心中充满阳光，几年内发表各类作品七十多篇。然而正当诗人热情歌颂党和新中国、赞美社会主义革命和建设事业的时候，却在“反胡风”运动中受到莫须有的政治株连，新中国成立后真诚的颂歌变成了“向党进攻的毒箭”，新中国成立前那些燃烧着革命激情的诗篇也成了“反革命历史罪证”。从此，年轻的诗人被迫停止了歌唱。

粉碎“四人帮”以后，诗人和祖国一道迎来了第二次解放。在历史的新时期，木斧心潮澎湃，仿佛有唱不完的歌。他先后出版了《醉心的微笑》《美的旋律》《燃烧的胸襟》《缀满鲜花的诗篇》《乡思乡情乡恋》《木斧诗选》和《我用那潸潸的笔》等七部诗集，《诗的求索》《文苑絮语》两部诗文论和小说《十个女人的命运》等。他曾受到不公正的待遇，被迫辍笔二十余年，重返文坛，却不说悲苦，反而歌唱爱恋。他深情地写道：“这是一把/曾经被毁掉的琴弦/他身上的音线/早已折断……有一只温暖的手/把断线重新接衔/轻轻地拨动，听呀/他在朗朗发言：//只要终生能够歌唱/我的脑海会涌出万卷波澜/它的每一叠音波呵/都倾注着对您的爱恋……”诚挚地歌唱“把断线重新接衔”的“温暖的手”，是木斧新时期诗歌的突出特点之一。从这里，我们可以看到诗人的襟怀和气量。也正因为如此，他的诗饱和着人民的喜怒哀乐，伴随着时代的鼓点。《母亲，我唱一支歌给你》《黄昏，我在思想的长廊上散步》《早晨》等，都是这方面较有代表性的作品。

木斧是一位有自己的艺术追求的诗人。他注意“用诗人自己的声音去歌唱”。但他说的“自己”，不是脱离时代、背弃人民的“自己”。他的诗属于自己，也属于时代。上述诸篇如此，《春蛾》《梦》《影》《滚动的山》也如此。小诗《春蛾》写道：

永远充满了旺盛的精力
在无穷无尽的岁月中
吐着无穷无尽的丝
后来，无忧无虑地睡了

你老了吗？不！
不过是休息一会儿
一朝冲出网茧
看，一只会飞的蚕！

诗的前半部分似乎平淡无奇，好像在直译李商隐“春蚕到死丝方尽”的名句。但这一名句表达的是至死不渝的爱情，虽充溢着生命力，却也无可挽回地走向死亡。而木斧的赞美是“永远充满了旺盛的精力”的蚕，丝尽后它并未死去，不过稍事休息，很快便冲出网茧飞了起来。著名诗人牛汉在为木斧的诗集《缀满鲜花的诗篇》作序时，说这首诗“有意想不到的构思”，是“爆火花的小诗”“飞腾的小诗”“最能表现木斧的风格”等，是很中肯的。小诗构思新异，形象独特，有诗人自己的生活感受，这感受又有鲜明的时代气息。木斧的诗大多不长，其中不乏这类“爆火花的小诗”“飞腾的小诗”。之所以能够“爆火花”和“飞腾”，是因为诗人既有自己对生活的特殊发现，有艺术个性，又植根于时代的土壤中，与人民群众声息相通。即便写山水花鸟和草木虫鱼，其中也有人民的情绪，可以看出时代的折光。

当然，木斧有些小诗并没有表现鲜明的时代精神或具有深刻的思想意义，但常常创造了较为优美新颖的意象意境，给人以审美愉悦。如《琴声》的后四句：“拉开绿水荡漾的帷幕，/琴蛙登上了荷叶的舞台，/奏一曲清凉的曲调，/催那远行人进入梦乡。”青蛙被称为“琴蛙”，池水成了它的“帷幕”，荷叶成了它的“舞台”，蛙鸣并非喧嚣鼓噪，却是伴人入梦的清曲。久居江南的诗人，以自己特有的艺术感受，记录了一种特殊的“琴声”，形象、色彩、音响、韵律皆备，意象与意境相当新颖，颇耐吟咏。

木斧很早就是一位有个人风格的诗人。他的风格是随着个人年轮和时代的转换而发展变化的。青年时代的木斧，反抗黑暗，追随革命，充满激情，诗风简洁明快，热烈奔放，总有战斗的呐喊和理想的呼唤，内容类似田间的“街头诗”，形式上受马雅可夫斯基“阶梯诗”的影响。这些诗基调高昂，节奏急促，句式简短，犹如战斗鼓角，带有强烈的鼓动性。三十年后，时代发生了根本变化，诗人直率、刚强的个性中，增添了深沉和睿智，因而诗风也于简洁明快和热烈奔放之外，增添了凝重与隽永，但简洁明快和热烈奔放仍是木斧诗风的主导方面。他在一首题为《诗》的作品中说："不要以为它是低回的流水/不要以为它是温柔的飞云/在它深深的心底/蕴藏着一个奔腾的大海/它的波涛啊/比火还烈，比血还红。"情比火烈，心比血红，笔底"蕴藏着一个奔腾的大海"，正是木斧新时期诗作的主要特色。

木斧民族归属感很强烈，他在新中国成立前就有直接描写少数民族生活的作品。早在1947年，他就发表过以少数民族儿童为描写对象的《蛮孩》和《同康定藏族儿童在一起的时候》，1956年又发表过关于彝族女月琴手沙玛乌子的诗《给月琴手》。他祖籍宁夏固原，出生于四川成都，所以他说自己有两个故乡，一个在山区，一个在平原；一个在西北，一个在西南。乡土情怀深厚的木斧，对他未曾去过的西北故乡魂牵梦萦。1984年6月他终于回到了固原。他说："从这一年起，我走了大西北许多地方，凡是我的民族聚居的地方我都去了，我到了甘肃的临夏回族自治州，到了新疆的昌吉回族自治州。只要我还有活力，我将继续走下去。"诗集《乡思乡情乡恋》收入的八十余首诗，集中地抒写了他的乡土情怀和民族情怀。首篇是《回回家》："锅盔、羊毛、牛肉/穿着一声声叹息/哎，回回家！回回家！//打锅盔的，手里敲的是面棒/织羊毛袜的，手里握的是竹扦/卖牛肉的，手里提的是尖刀//在腌臜的洗涤中洗出洁白/在繁重的体力中锤炼勤劳/在纷乱的线丝中理出头绪//他是一个爱清洁的人/他是一个爱劳动的人/他是一个有头脑的人//敲面棒的人当上了乐队指挥/握竹扦的人踏进了研究院/提尖刀的人手握钢枪保卫边疆//清洁，勤劳，学问/挂着一串串赞叹/哟，回回家！回回家！”作品生动地描写了回族人民在新中国成立前的悲惨生活和低微地位，揭示了回族人民的性格特点及其成因，表现了回族人民在新中国成立后生活与地位的历史性变化，意象纯净，构思严整，感情真切动人。没有良好的诗歌创作素养，固然写不出这样的作品；不熟悉回族人民的生活和历史，缺乏深厚的民族感情，就更难以成篇了。

（原载《中国当代少数民族文学史论》云南教育出版社2004年版）

《点燃艾青的火把》序

/孙玉石

木斧先生寄来他近五年诗作选集《点燃艾青的火把》大作的清样，嘱我为之撰序。我未有任何犹豫，即愉快答应了。

去年岁末，为参加一个鲁迅学术讨论会，我往成都小行。于下飞机后的短暂空隙中，便往木斧先生府上拜访，与先生相晤于一室。二十余年后，久别重逢，开怀畅叙，谈往昔，谈人生，谈生活里的诸多酸甜苦辣。临告别时，还让一起陪我前往的学生，在先生“蛰居”的小院门口绿树边，为我们合影留念。几个月后，认真赏读先生寄来的这份诗集书稿，算是我与先生因诗的文字里缘分的再晤，也是与先生那颗赤诚滚烫诗心的重逢。

这部诗选，除了《五月，迎接新中国的诞生》一首较长的诗篇，系曾发表于1949年第3期《文艺与生活》杂志上，属于旧作修改压缩后的新版重收之外，其余的诗篇，均为2007至2011年这五年里的新作。1949年的时候，为迎接新中国歌唱的诗人，才十八岁。而这个集子里其他的作品，写作的时间，掐指算起来，作者已经是到了八十二岁高龄了。一卷诗集新编，真可谓是一曲心不老的歌唱！诗集中有一首《八十自寿》诗，读后颇吸引我。内容是：

小时候，面对门前的大山/胆怯的我问自己/我能爬上去吗？//今天，我毫不费力地登上了/八十岁的大山，这小孩/怎么一瞬间变成老爷爷了？//环视群山，山外还有山/前面还有一截路要我攀登/我才知道行路的艰难//八十大寿，让它悄悄溜过去吧/毋须去惊动别人，就像/我当年站在门前的时间

这个诗集，好像也是在告诉我们，逝去的如流水的时间，衰老的是人的自然生命，而诗人永远追求和创造美的那颗诗心，诗人笔下“悄悄流过去”的那些属于未来的潺潺溪水和点点浪花，却是一份这样的风景：永远“站在门前的时间”，将会走进今天和未来读者们的心里。

木斧先生的诗，自始至终葆有的一个特色，是真率，朴实，热情，凝练，不雕琢，无伪饰，让真情的诗意流淌于不玩弄技巧和花样的自然传达中。读之有时会觉得多直抒胸臆，少曲折朦胧，但往往又会于平实淡然中，获得一种耐人品嚼的余香与回味。即如开卷的2008年载于《绿风》诗刊上的三首短诗《节日》。写的都是一般节日情思，都有一种咏物抒怀的色彩，但因艺术构思与传达方式有别，其传达的艺术风采和创造境界，也让人读之感觉迥异多样。有的偏于直

露，近于说白，本身就不求更多余味，如《清明》；有的偏于有意缠绕，多些曲折回旋，避免直抒胸臆，多了一点诗意和蕴藏的美，如《中秋》；而同样是咏物寄情的《端午》，却有些不同“端午/裹着乡情，一旦/蒸发出来/层层衣服脱落了/露出了撩人的胴体/秀色可餐/轻轻地咬一口/便咬出了故乡的味道”。诗人能以颇费一番功夫的奇异想象，将极为普通的端午节的粽子，通过剥食的过程和细节性书写，与人间普通而刻骨的“乡情”，巧妙纠结，别具匠心地将“乡情”这一抽象的思想感情与具象的“咬出了故乡的味道”焊结在一起，“逼”到最后，达到一种无人道过的一番新奇而亲切的抒情意境。读了之后，给人一种可以反复回味的诗意。《端午》一诗因此也便成为新诗中咏此节日的一首难得的佳作。他的有些仅两三行的小诗，有的看似不甚经意，却能于朴素自然叙述中，道出人生真谛，留有回味空间。载于台湾《海鸥》杂志的《小诗四则》之《画像》一诗，给我的印象，即为后者：“随意从纸的一角/涂上几笔墨痕/那画像才是真实的我。”

这里讲的仅仅是“我”吗？讲的仅仅是“画像”吗？显然不是。它似乎在告诉人们的，是关于如何认识真与假，自然与虚伪的人生真谛这样一个更大的道理。或者还可能有更多别的东西。你自己去思考吧。小诗仅三行，读后却令人回味，启人深思。

我个人因研究习惯与嗜好，偏于喜欢一些富于深蕴意味的诗。因此，在诸多同样的咏物诗中，我较为喜欢的，也属于这样一类的作品。如这部诗集中的那首《杯歌》：

你是纯洁
你是透明
你是纯洁和透明的交融
你是装满亲情的一首诗

我不该轻轻地将你推出
不该让单纯去面对光圈
没有想到你从我的指缝中
滑落在灰暗的尘埃

想护着你却伤害了你
伤心的事儿有口难言
你能回过头来看我一眼吗
呵！你这易碎的杯……

诗里所写的纯洁透明的“杯”，已经成为一个象征的载体。诗人吟咏的是“杯”，里面装的却是“情”。看似句句都很清楚，“情”与“象”并无过多隐藏，诗人却有意进入了一个更深也更复杂的构思层次，于单纯而巧妙，透明而朦胧的抒写中，唱出了对于一种纯洁的美因意在保护而却破碎失落的惆怅心情。这支“易碎的杯”的叹息之歌，诗意未尽吐露，留给读者更多猜想空间。它的接受自然可以多向而又清楚地指归关于美的思考。读者所收获的感觉，也就是美而更有韵味。我以为，这首《杯歌》可谓是这部诗集里一首“纯洁和透明交融”的艺术精品。

它的“真味”究竟在哪里呢？倘若继续读读作者诗集里紧接着刊登于两年后的《超然》诗刊上的《超然美》那首诗，似乎可以看作是诗人给予的一种“解密”式的回答：

> 生活之外的一种美/超然/是你的名字//红脸的关云长/黄脸的赵匡胤/白脸的曹孟德/黑脸的包文正/台下和我们一个样/上台便变了脸/变了脸才有戏看//超然美是个万花镜/现实生活中找不见的东西/都能在镜中显现/超然美是幅梦中的情人/我们只能在理想的道路上见面

《杯歌》和《超然美》，这两首诗，对照互读，嚼味真谛，应该是颇有趣味的。《超然美》虽然更明白，更易懂，且表面上似乎将一首诗变成用于“说理”的“工具”了，多了些逻辑清晰，少了深蕴诗味。但它所阐发的那份厚重哲思，不就隐藏在《杯歌》谜语式的朦胧中了吗？起码，它隐含了《杯歌》所阐发所给予人们把握意蕴的一种可能性。而且，如果仔细嚼味，《超然》看似很直白，“平淡”中不也有言说不尽的隐藏吗？诗人确实深得诗艺的奥秘。艺术创造的途径多样，艺术接受方式多样，艺术生命存在的追求权力和呈现姿态也应该是多姿多彩的。木斧先生在这部诗集里，对于诗艺传达的这种多样性尝试，正是其可宝贵的艺术探求精神的一个闪光的亮点。

年已八旬的诗人木斧，对于生活，对于现实，对于社会巨大的变化和存在的痼疾，对于人的精神高度和深度，抱有极高的关注热忱和爱憎赤心。他诗心的搏动始终与人民命运紧密相连。从“奥运会的火炬”组诗里，写下的从多个顶尖项目和冠军人物的《赛场速写》，到那首《点燃艾青的火把》里，将七十年前后民族精神高扬火炬之内在联系，浮想联翩地歌唱了出来。这些吟咏，和他为世博会唱出的《光明的平台》《毛笔博物馆》等热情颂歌里，看得出诗人的目光，时刻在凝视着祖国每一个前行的脚步，每一次的创伤与隐痛。特别是在“风起云涌的往事”总题下，写就的关于汶川地震的一组短诗，更充分地唱出了一个诗人发自内心火一样的激情，将自己对于人民的“大爱”，推向了“新的高峰”。直到迈入新世纪脚步声传来的时候，诗人写的那首《从1到100》，则激越地唱出了民族与国家百年风云变幻的“可歌可泣可传”的历史精神呼应回响的赞歌。这些诗，有的匆匆急就，有的苦心锤炼，都贯穿着一位老诗人与自己深爱的国家、深爱的人民命运紧密相连的跃动燃烧的赤子之心。

与这些“大”题材的诗比较起来，有许多诗篇，将个人生命跋涉历程与国家民族整体命运联系的抒写，或者人生的感悟自省的歌唱，因出自纯然自身体验，又由曲折的具象书写或暗示出来，就显得血肉丰实，有一种感人与哲理交织的魅力。《减速》是在一次旅行的生命自省歌唱里，冷静思考追求着一个真实的自我。在高山峡谷行车中，面对两面的悬崖陡壁，猛抬头看到“落石危险，小心！”“减速”的警告，人生的诗性感悟，突然浮上心头：“我一生经历了多少惊涛骇浪/走过了多少斜坡乱石坡/躲过了多少从天而降的巨石/我唯一的办法就是减速！//减速，减去我头上的白发/减速！减去那沧桑的岁月/减速！减掉我暴躁的脾气/减速！减碎郁积在我胸中的苦闷//吃一口骆驼泉清粼粼的泉水/喝一碗循化的清真羊肉汤/我浑身的劲头又鼓起来了/我将长驱直入我的阳关大道了。”这曲折的抒写，这淡淡的感叹里，是写实，也是象征，饱含了诗人多少时代和个人生命历史沧桑的心酸、倔强和豪爽。另一首《死活》写由扑面而来的著名“死海”，进入一段“温柔的梦乡”的驰想。诗人自由思考自己几十年里饱经苦难折磨的生命，即如那片永远“活着的海”，他发出了如此坚定的声音：“死海悄悄对我说/呵！如果你没有来过死海/亲爱的，活着还有什么意思？//我猛然从梦乡抬起头来/死海么？是海吗？/不！我要的是活着的海！/宁肯风吹浪打/宁肯流落到天涯海角/宁肯淹没生命！//大海热烈地向我召唤/游过来吧，你这精灵/大海才是铸造你的天地！”诗人为自己倔强的灵魂与恢宏的理想，唱出了一曲拥有自由个性而又高亢不屈的真实生命之歌。

诗人木斧，酷爱京戏，晚年经常亲身登台，参加演出，且专以扮演丑角为长，为此还出过自己创作的戏画与配诗的集子。在这本诗集里的几首诗，如《木斧戏画》《唱〈空城计〉》《隐身术》《这是什么地方》等，都记录了他在这一生活侧面的独特体验里所获取的比演戏本身收获更深的诗意和哲思。《这是什么地方》一诗，蕴含了诗人自己演戏感受背后的独有体悟，只有在那个无限"狭窄"左右都有"栅栏"而却容得下千军万马的舞台上，才能容得下真实人生的"可以大哭大笑""可以狂呼可以咆哮"，这是个"得意忘形""灵魂出窍"，具有无限的"自由"的地方。其中说出"当你变成了另外一个人/才敢轻松地前去闯荡"这一戏中蕴含的生活真谛。另一首《隐身术》，写他从扮演《诗文会》中的丑角车步青这一角色里，悟出来的一份十分精彩的人生哲理：

车步青不学无术
我演不学无术

车步青酒囊饭袋
我演酒囊饭袋

车步青无赖之徒
我演无赖之徒

我不是不学无术
我不是酒囊饭袋
我不是无赖之徒

车步青是一种面具
我躲在车步青的角色之中
我把真实的我遮盖得一丝不漏
我的演出便取得了成功

车步青究竟是谁呢？
这本来就是个扯不清的问题

现实中有多少这样一类“扯不清”的人和事的真实与虚伪，凶狠与善良，丑恶与美善，因为被“遮盖得一丝不漏”，而让善良的人们无法辨识，却能横行一时，欺骗人心。诗人通过演戏体认的独特哲理感悟，和“抖包袱”的传达方法，让人们自己通过“车步青”这个人物，去思考真实生活中无数“扯不清”的问题的答案。一出丑角戏演出的个人体悟，成了一首诗中蕴含发人深思的哲理。作者的演戏与写诗，机巧与匠心，其境界，其功力，其微妙，其余韵，亦由此可见一斑了。

“风景这边独好”，是诗集一个部分的题目，也是他诗集中更多咏物述怀的概括。如写江南景色的《山水画》《油菜花香》，写长江三峡景色的《诗城》《诗城新韵》，《登白帝城》《独立夔门》，写黑龙潭景色的《别一洞湖》，写唐僧取经路过之插入云霄的白马泉之《迷路》，或景物小品，直白自然，或构思别致，出人意料，或看似拙朴，淡中见奇，均显出作者多样艺术表现方法尝试的实践。《漫话成都》写自己一辈子生活于斯如今的杂沓纷乱日新月异，描绘城市众多旧有小巷突然变为大街通衢时的惊叹，与自己个人经验认知之间巨大的差异，于一堆平淡实在扫描之后，末两节诗句却是这样让人感觉突兀和惊讶："现在我走在拥挤的汽车穿梭的街上/总想找个小巷来藏匿我惊讶的眼睛//可怜我至今还不会打电脑拨手机/我成了这座古城中孤零零的小巷。"读之有"抖包袱"般一语惊人之感。《变脸》一诗更是如此。"我以一张一成不变的老脸/去看成都的日日夜夜——/一伸手便出了一条新街/一抬头便登上了一座大厦的台阶//我说我不变其实也变了/我从一个壮实的男儿汉/变成了茅屋顶上袅袅而去的炊烟。"他以自己的眼睛看世界，将具体的物象与抽象的感觉，巧妙"嫁接"，便给读者一种朴素里的新异和惊讶，一种平凡中突现的诗意和震撼。特别是末尾一句，不是说自己是已经渐入暮年的老者，而是说"变成了茅屋顶上袅袅而去的炊烟"，想象之独创而富有诗意，使整首诗传达的意蕴升华至超越一般人想象的意外高度。

同样是写景、咏物，在自然美和生活美的海洋里，发现惊奇，寻觅诗意，“畅游海南岛”一组诗，书写自己眼中的美丽风光，万种风情，诗人能以自己的敏感和锐眼，努力去捕捉新的美和诗意。这些诗作也就更淋漓尽致地袒露出诗人的赤子之心，袒露出诗人别一番豪放，热烈，任情驰骋，无拘无束的浪漫襟怀。读其中的如《鹅》《海岛交响曲》《椰子椰子》《漩涡》《角落》《鹿回头》等篇什，走进诗人笔下那些流连忘返的美景，你会跟着诗人一起，去凝视鲜活细节，品味生活，享受美丽，进入遐想。有些诗作，看似过于直白、坐实、拙朴，稍加仔细品味一番之后，却会在率真的诗句里，获得一些诗人独到的发现，一些被遮蔽了的人生哲理。有些诗由于过分介入构思，读起来可能会给人说理的味道，但于朴素直白的素描画幅里，隐含的那点赞美的真情，那点淡淡的诗意，仍然会让人获得许多意外的闪光。它们证明，还是诗人自己说得好：“在现阶段，新诗最受欢迎的是短小的晶莹的抒情诗。”“请不要把诗捆起来，让它自由地行进吧！”

诗人木斧，蕴有更深更博大的襟怀。因而于自然美景吟咏中，偶遇历史遗迹，也会陷入痛苦的沉思，便会仰天浩叹，慷慨悲歌。咏物与咏史在这里构成了一种奇妙的交响。在一组海南行的放歌中，甚至可以说这整本的诗集中，我自己最喜欢的，也最赞赏的，是诗人写于海南之旅的那首《海瑞墓前》——

灼热的海风
震撼着你笔挺的身躯
你那头上散扬的头发
在悲烈地呼啸

凛烈的潮水
从沙滩滚滚而来
你那带着血痕的赤脚
在沙滩上翻飞

海瑞，你已经走到尽头了
我只能到海底去捕你的踪影
趔趔趄趄，向广袤的大海
你发出了地动山摇的嚎啕声

于大自然诸多美景中，偶遇著名历史不幸者流放的旧地和塑像，因这伟大历史人物铭刻青史的生命大悲剧，与木斧自身，乃至“七月派”同行群体们为民族真理献身却无辜受难的沉冤际遇，相晤于刹那，于是诗人会发出如斯凛然激烈撕裂心肺的仰天浩叹，慷慨悲歌。它在朴实平静却悲烈激昂的“带着血痕”的语言和意象中，唱出了这样一曲既是属于过去也是直面当今的一腔愤懑的“地动山摇的嚎啕声”。在诗里面，现代的自我，与历史的巨人，进行着心与心，灵魂与灵魂，生命与生命，具有深沉而悠久意味的交流对话。诗人于历史的描写与慨叹里，为历史，为时代，为自己，为那些无辜的同辈受难者们，也为这块土地上生活着的将来人，发出了撕裂人心古今同慨的呼号。捕捉历史大人物踪影的赞美反思，与现代含冤群体大悲剧的内心回响，在诗里达到了不露痕迹的融合为一。诗人向大海，向历史，向当下，也向未来，发出的“地动山摇的嚎啕声”，将穿越时间，警醒未来。

诗人木斧从踏入新诗创作生涯的起点，就是一个艾青的崇拜者。他是在艾青诗的光芒哺育下成长起来的年轻歌者。在1949年4月，于黎明到来前夕的最黑暗时刻，刚满十八岁的木斧，便与友人们一起，在成都创办了《文艺与生活》杂志。在6月1日出版的《文艺与生活》第3期上，木斧发表了一首写于是年春天的长诗《五月的道路和我们的歌》。这首诗里，木斧将艾青与马雅可夫斯基、惠特曼这两位伟大的革命诗人并列在一起，赞美并呼唤他们以诗献身革命的伟大精神：

让诗人马雅可夫斯基/走出来/从世界的一端/从阳光照射着的国土/用他不可压抑的/使人感到战栗而震惊的/霹雳的响声/向世界的劳动者/向不愿做奴隶的子民/“一万五千万”自由的兄弟/伟大的建设——“好”！

让诗人惠特曼/走出来/让他用深长沉重的声音/毫无疲倦地大声呼唤/掀起风暴/掀起狂潮/以海洋船的魄力/在人山人海里爆炸

让诗人艾青/走出来/向着法西斯/喷着火样的愤怒/向太阳/举着Orion神的灿烂底长剑/向夜的城廓/全面攻击起来了

由此可见，承袭着伟大革命诗人马雅可夫斯基、惠特曼战斗艺术传统的艾青，和他的诗所代表的爱人民、爱土地、爱自由与光明的战斗精神，当时已经怎样深深浸入了青年诗人木斧的血脉，一开始就成为他进行新诗创作的灵感源泉和最高榜样。他说，自己近年里，带着新诗体式探索的诸多问题，“花了三年多的时间，通读了艾青的全部诗作。读来读去，思如潮涌”。艾青的《火把》“具有磁铁一般的吸引力，一翻开读起来便不肯掩卷，我被诗的热情包围了。火把接着火把，无边无际的火把，点燃了中国苍茫的天和地，点燃了我一颗怦怦跳动的心”。木斧将这部诗集的题目，叫作《点燃艾青的火把》，并附上自己那篇重读艾青长诗《火把》所写的充满激情的文章，这些都让我们看到，诗人木斧一生的新诗生涯里，如何在创作中，自觉承传艾青所代表的新诗优秀传统，而且面对当今社会生活和新诗的发展现状，诗人内心所拥有的大爱，忧患，并想以诗来大声呼唤艾青诗里那份沉甸甸的追求热忱和清醒的坚守精神，是多么值得我们去深刻反思，承传，去不断做出新的拼搏和探索的努力。

大约是1988年10月末，为讲课事，前往成都，我曾与木斧先生，匆匆相识小叙。也是那一年，吴奔星老主编的《中国新诗鉴赏大辞典》，邀我撰写十余首诗的赏析文字。其中就有木斧先生的两首小诗《春蛾》《豆腐》。这部《中国新诗鉴赏大辞典》，于1988年12月由江苏文艺出版社出版了。我这次有机会仔细品读了《春蛾》，并写了一点外行式的“鉴赏”文字之后，便喜欢上了这首小诗了。而且由此开始，对于现代派、象征派诗之外较为直白一些的诗作，也有了更多的宽宏理解和关注兴味。读解《春蛾》，在某种程度上改变或拓展了我新诗研究的思维习惯和审美眼光。《春蛾》全诗是：“永远充满了旺盛的精力/在无穷无尽的岁月中/吐着无穷无尽的丝/后来，无忧无虑地睡了/你老了吗？不！不过是休息一会儿/一朝冲出网茧/看，一只会飞的蚕！”在我的感悟中，诗人木斧坎坷而勤劳的一生，更像是一只被苦难生活与沉重岁月缠绕而永远在“冲出”而渴望飞翔的“网茧”，比已经获得自由的“蚕”更多些生命悲壮的一只会飞的“茧”。去年，欣获木斧先生馈赠新出的诗集《一百五十个诗人的画像》一册，我读后有感，便借用《春蛾》中“一只会飞的蚕”的“典故”，写了几句回赠给木斧先生的分行小语，抄录奉呈，以表谢忱。里面两处偷用了何其芳、废名的诗句。这里，将那几句分行散文承载的一缕“袅袅而去的炊烟”，附赘于此，聊代这篇甚不像样子“序”文的“添足”之笔，也借此几行小语，特别向年逾八旬而壮心不已的木斧先生又一部诗集的出版，表示我最诚挚祝贺的心意：

远方那一只会飞的茧
吟着蘸满血丝的夜歌与白天的歌
用雪山般洁白银丝织成的羽毛
将一片冰心在玉壶
种在荷花微笑于诗人的海里了

（注：末句用废名诗《海》“荷花微笑道：‘善男子，花将长在你的海里’”句。）

2012年3月25日深夜于京郊蓝旗营

木斧著述选载

我的文学生涯

——木斧简传

缘　起

作家传略，一般都不是作家自己写的。

那是因为作家与世长辞了，继承者、后来者、研究者搜集有关资料写出来的。

我还活着，可是有几个文学评论家愿意为我撰写评传，要我提供资料，我也提供了一些，例如深圳的张效民、重庆的蒋登科、广西的吴立德，他们为我撰写的评传，我也读过一些片断，由于种种情况，最后都没有出版。原因主要是我觉得我不够格，而且他们的文风与我的文风不同，难以取舍。直到现在，我才意识到，非名人也可以写传。我自己为什么要找别人来写呢？我自己为什么不可以写呢？怕别人恭维我？那么只写传，不写评，如何？我看可以，由我自己写，羊毛出在羊身上，无论我怎么揉怎么搓，它都是真实的，不掺水分的，我何乐而不为之呢？

从大西北迁到大西南

我的祖父杨炳堂，回族，宁夏回族自治区固原县黄锋乡羊眷堡人，清朝秀才。清同治年间，因左宗棠镇压回族新教，携全家老小南迁，在迁移的过程中，分别流落在陕西平阳、甘肃宝鸡、四川广元等地。杨炳堂之前的历史，我这个后人也无法知晓。

我的父亲杨伯康，回族，出生在迁移过程中的四川省广元县，他是杨炳堂的第五个儿子，后来跟随祖父到达成都，考入四川师范学校，由于成绩优秀，每学期都名列前三名，一直免费读到毕业。长大后随国民党马旅长（马叔帆）到了康定，为马旅长看管房屋，学会了麝香的识别和制作技术，后来返回成都，开办了同昌贸易公司。由于长期掩护地下党负责同志李止舟，新中国成立后成为无党无派人士，任成都市西城区副区长兼成都市伊斯兰教协会顾问。著有《成都市回族穆斯林》和川剧剧本《浣花夫人》等传世作品，《浣花夫

木斧的父亲杨伯康

人》曾在成都市西城区剧场上演，受到了当时国家文化部部长齐燕铭的表彰。

我的母亲刘琴如，回族，孤儿，重庆人，因其父亲反叛清廷被砍头，长兄将她从昆明送到重庆长大后，由长兄做主送至成都与我父亲结婚。家庭妇女。

我是我父亲的第二个儿子。父亲给我取名杨莆，一直沿用到今天。他说莆是一个没有任何意思的字。的确如此，不信可查字典，字典上莆字只做“福建省莆田县”解，我不是莆田县人氏，所以莆字对我来说，只不过是一个没有任何意思的符号而已。我后来给自己取的笔名是木斧，木是杨的一半，斧是莆的谐音，同样也是一个毫无任何意思的符号。

蔡医官的故事

蔡医官是一个普普通通的中医针灸医生。

蔡医官叫什么名字我不知道。听说他当过兵，后来成为名医，人们为了尊敬他，便喊他叫蔡医官。

蔡医官因何出名？因为他曾经救活了一个婴儿。

这个婴儿就是我。我的母亲怀孕十一个月都没有生下婴儿，有一天肚子剧痛，接生婆便把我接到人间来了。生下来之后，没有哭声，手脚也没有动弹，只有微弱的呼吸声音。家人急急忙忙请来了隔壁的蔡医官前来抢救，蔡医官在我的小肚子上扎了几十针，仍然没有动静，蔡医官急慌了，竟将燃烧的艾火条杵到了我的头顶，我便猛烈地哭了起来，接着便是大喊大叫。原来这是一个活鲜鲜的婴儿呵！

蔡医官救活了一个婴儿的消息传遍了街坊四邻，许多邻居来看望我，都要摸摸我的头顶，我的小腹，印证了蔡医官的医术，蔡医官从此便成了名医。

究竟是蔡医官的医术高明呢？还是出于他的急中生智呢？可惜那时我还不会说话，等到会说话了，会走路了，我已跟随父母迁居到康定去了。我的问题始终没有答案。

我的可靠又不可靠的学历

我1931年农历七月初四出生在成都。我的幼年是在康定度过的。我的学历很简单。

1938—1940，康定康化小学读书。

1941—1942，成都皇城坝明远镇小学读书。

1943—1949年上半年，成都西北中学读书。

1949年下半年，四川省立艺术专科学校读书。

省艺专是一所五年制的大学，新中国成立后改为四川美术学院，迁址重庆。我是1949年9月入校，只在校内住了一个多月，便转移下乡了。按照中央文件规定，先参加革命后入校读书，后调离学校，应以毕业生对待，所以我后来的学历是四川省立艺术专科学校毕业。

我的学历是小学、中学、大学，是真实的，但是文化程度并不可靠。在康定康化小学读书，老师很野蛮，体罚太重，动不动就要打手板，打屁股，甚至打得死去活来，所以我经常逃学。到了成都，皇城坝明远镇小学是回民学校，西北中学是抗战时期从北京迁来的回民学校，校长金鼎铭、韩怡民都是回民，对回民学生格外照顾。我读书不用功，每学期成绩都不及格，学校都以补考为名，每期照样升级读书。我的功都用到课外去了，用在大量阅读新文学书籍上去了，后来用在业余创作上去了，再后来是用在参加和组织罢课运动中去了，名义上我仍然是西北中学的学生。

我后来的学历和社会经历是交叉进行的。应该说，我在新中国成立前的创作活动，从1945年就开始了。

两位引路人

我参加革命和从事业余文学创作几乎是同时进行的。王育民和方然是我的两位引路人。

西北中学原名西北公学，是国民党回族将领白崇禧亲自创办的回民学校，抗战后分别迁入了兰州和成都。成都的西北中学坐落在成都西门外的土桥乡西来院，学生全部住校，我从小就和农村贫穷的农民住在一起，我和农夫们从小结下了深厚的友谊。当时我的国文老师王育民，职业是教古文的，实际上是一个酷爱新文学的青年。他经常用鲁迅的话教育我们：不要读死书，读古文离现实生活太远，读白话文离现实生活很近。在他的指导下，我开始借阅了大量的课外的白话文书籍，读鲁迅、茅盾、巴金、沙汀、艾芜的小说，读郭沫若、闻一多、艾青、田间、胡风、绿原的诗，读着读着，我便懵懵懂懂地写起小说来了。

1945年6月，同学们都在准备初中毕业考试，我却写起小说来了。我写的第一篇小说《洗衣妇》是写在作文本上的，把一本作文本写完了，还补了一页贴上去。王育民看了很满意，给我打了一百分，惊动了校方。按照学校规定，中学生的作文只能用文言文，而我居然使用白话文写小说，违背了校规，遂将王育民开除出校。王育民一声不吭地迅速离开了学校，从此我再也见不到我亲爱的老师了。后来听说他返回了老家湖北沙市，托人去查过，仍然不知下落。王育民永远是我心目中有名有姓的无名英雄。

1946年6月，我写出了小说《胡先生》，向《学生报》投稿，很快就发表了。签发我这篇稿件的，是《学生报》的主编，地下党员朱声，笔名方然。后来我才知道，《学生报》是党的南方局青年组和川康特委成都青年组领导下公开发行的报纸。方然同志关心我，培养我，亲自写信聘请我为《学生报》通讯员，并且派林祥治（笔名罗梅）和我联系，林祥治介绍我认识了李晓耘，我和李晓耘共同组织了《友谊剧社》。经过党的考查，1948年2月，我加入了党的外围组织（秘密青年革命组织）“民协”，同时加入了《学生报》，从此我便正式投身于革命了。

黎明的呼唤

新中国成立前，我一共发表了多少文学作品呢？答曰：159篇。

这个数字不是我随意编造出来的。这是1956年立案审查我的胡风专案组统计出来的数字，这个数字的依据是我交出来的《木斧作品剪贴本》。这个剪贴本是在运动后期退还给我的，我一直珍藏着，直到1966年“文化大革命”，被我所在的绵阳县红卫兵“星火燎原”队抄家搜走。从此这个剪贴本便散失了，怎么追也追不回来。平反后，我在成都的省、市图书馆，武汉市图书馆，重庆市图书馆找回了大约只占剪贴本五分之一的作品，分别收入了我的诗集《木斧诗选》《美的旋律》《缀满鲜花的诗篇》以及我的中短篇小说集《汪瞎子改行》之中。

我发表的第一首诗，题名《沉默》，载成都《光明晚报》文艺副刊《笔端》，时间：1947年2月22日，署名心谱。

我是写小说的，怎么写起诗来了？因为环境改变了，我参加了《学生报》的工作，编辑部里都是诗人，方然、杜谷、罗洛、罗梅、葛珍、寒笳等等都是写诗的，我自自然然也写起诗来，多次练笔之后，发表了我的第一首诗《沉默》。

我在20世纪40年代发表的诗，收入了许多重要选本。《我们的路》《我听见土地在呼唤》收入了《中国四十年代诗选》；《山》《给乡村的孩子》收入了《中国新文学大系·1949—1976·诗卷》；《冬天》《我听见土地在呼唤》收入了《中国新文艺大系·1937—1949·诗集》；《沉默》一诗，收入了花城出版社出版的《当代诗人处女作》（书名有误，应为《中国现代诗人处女作》），这本书收入的全是现代诗人的处女诗，第一首是胡适的《蝴蝶》（1917年），最后一首是木斧的《沉默》（1947年）。

1949年6月，我在《文艺与生活》杂志发表了长篇抒情诗《五月的道路和我们的歌》，迎接全中国解放。1982年，改题名为《献给五月的歌》收入四川人民出版社出版的四十年代国统区诗选《黎明的呼唤》。1996年收入了中国社科院文学所编辑的《中国现代经典诗库·第10卷》。2010年，经过压缩，改题名为《五月，迎接新中国的诞生》，收入《新中国颂——中外朗诵诗精选》。

中华人民共和国成立于1949年10月1日，为什么写成了5月？答曰：当解放战争临近全国胜利之际，我已转移下乡了，我热血沸腾地写下了这首迎接新中国的诗。新中国叫什么名字？多久到来？当时是一无所知，因为写作的时间是1949年的红五月，所以便以五月为题，把我热烈的盼望写入了这首长诗。

想不到这首诗后来成为中国现代经典诗库中的一首传世之作。这首诗共8章32节，长达200多行，这是我一生写过的最长的诗。

新中国成立前我出过书没有？答曰：出过，又没有出过。

出过一本《路和碑》，但不是我的专集，是一些诗友和我合作出版的迎接新中国的作品集，署名是“蜜蜂社主编”的“蜜蜂文丛之一”。当时已临近解放，我已转移下乡，黎明前的黑暗更要注意防止特务跟踪，规定所有作者一律化名。新中国成立后，蜜蜂社作为一个诗歌流派、社团，收入了《中国新诗大辞典》。

1950年成都解放后不久，木斧回到成都和父、母、兄、妹见面，合拍了一张全家福。木斧，后排左一

晴空霹雳

1949年底成都解放后，在一片晴朗的天空下，欢乐一直陪伴着我，我唱出了许多欢乐的歌。

征粮，是全国解放以后的头项大事。我参加了川西区征粮工作团，深入到广汉县的农村去征粮，接着又参加了农村的清匪反霸，土地改革，建立基层政权。四大任务完成之后，我留在广汉县，担任了青年团广汉县委书记。

1954年，我调任共青团四川省委宣传部科长，准备不久后去苏联共青团留学。都以为我这个既有高等学历又有基层实践经验的干部必将鹏程万里的时候，突然一声霹雳从空而降，我变脸了，变成了浑身漆黑的“胡风分子”。

在川西区党委直属机关举行的“反革命分子坦白大会”上，中共川西区委书记李井泉宣布我是“隐藏在我们党内的反革命分子”，是“最危险的敌人”！“不要看他年纪小，就是这个小小的杨莆，解放前和我们共产党打了一百多个回合了！”我的面孔之狰狞，吓坏了许多亲朋好友。

我失去了人身自由，被关在一个小屋里写交代材料。写什么呢？《学生报》虽说是国统区公开发行的报纸，实际上是党的小报，宣传的都是党的方针、政策，从来没有宣传过胡风思想，但是肃反领导小组硬要把我当作突破口去抓“胡风分子”，我只好如实地写、详尽地写，写了一遍又写一遍，再问，再写，问来，问去，我只参加了共产党，除此之外，我没有参加过任何反动会道门组织。

查来，查去，将近一年的时间，终于宣布我政治历史没有问题，免于处分，原职原薪恢复工作。我要求召开大会，恢复名誉。1956年5月，省委五人小组甄别立案组还是给我下了一个结论："杨莆（木斧）系受胡风思想影响较深的人，有攻击我党和进步作家的言论。""建议党组织继续帮助他批判认识胡风思想影响，以期彻底改造。"

我拒绝签字。"为什么你们查来查去查不出政治历史问题，单单给我下一个思想结论呢？要说思想影响，首先是受马克思主义影响很深，在文艺思想上受鲁迅思想很深，其次才谈得上受胡风思想较深。"

负责同志气得在桌上打了一个巴掌："你有意混淆革命和反革命的界限，无理取闹！"

后来，又轻言细语找过我一次，我仍然拒不签字。

由于我拒不签字，"对肃反不满"，1959年下放我到农村劳动，把户口和粮食关系都转到新津县花桥公社七大队当农民去了。后来又报我为"右倾机会主义分子"，因为我不是县团级以上干部，未获批准，只好又原职原薪发配我去绵阳工作。这些年月，我不知道我已经被"内控"了，不管怎么积极工作都得不到好评，到哪里都待不下去，不管到了哪里，受苦受难，忍饥挨饿，挨批挨斗，都少不了我，我却从中获得了磨练，我顽强地活下来了。

在党的实事求是的方针的指引下，1979年，中共四川省委组织部把我从绵阳调回成都。我恢复了文学创作。

1982年7月26日，中共团省委党组《关于对杨莆同志因“胡风问题”被审查意见》：“据查，1956年5月，省委五人小组甄别立案组在批示杨莆同志结论中的‘有攻击我党和进步作家的言论’的问题，是无依据的。根据中发（1980）76号文件关于‘凡因胡风问题’受到株连的，‘要彻底纠正’的精神，我们认为，在肃反中，杨莆同志确因‘胡风问题’受到了错误的审查和批判，是一错案。1956年团省委和省委五人小组甄别立案组对杨莆同志的错误结论，应予否定，恢复名誉。对档案中保存的有关材料，建议由杨莆同志现单位按中央和省委有关规定进行处理。”

我是彻底地翻了身，回到了欢乐的世界，唱我欢乐的歌。可笑这小小的木斧，在一声霹雳之下，受到了二十年的冤陷，又在一声令下，从一个漆黑的“胡风分子”，变成一个四十年代的老诗人了。

傻不傻的问题

1982年平反后，中共四川省委常委、省委组织部部长安法孝接见我，告诉我说，组织上准备调整我的工作，任命我担任省政府文化局副局长，征求我的意见，我谢绝了。我说：“我在什么地方倒下去的，就要在什么地方站起来。”

安法孝同志说："如果这是你真心实意的话，我尊重你的选择。"这件事，我的家人都笑话我，说我是个傻子。我不傻！文学创作已经成为我的生命，我曾经失掉了它，好容易又重新获得了它，我绝不放弃。

作家，并不是一种职业，我选择的职业是四川人民出版社文艺编辑，为他人做嫁衣是我乐意的职业，我可以从中受到文学的熏陶，也有利于我从事业余创作。因此，什么样有诱惑性的工作我都可以谢绝，我唯一离不开的就是作家协会。原来我以为我早就是一位作家了，经过查询，我才明白我什么也不是，我是个白丁。这究竟是怎么回事呢？

1950年10月，由川西区文联创研部部长洪钟引荐，我参加了成都市文学艺术工作者协会，和我同时参加的还有沙汀、西戎、刘沧浪、洪钟等人，当场颁发了会员证，后来，中国作家协会成立，我们这批会员一律转为了中国作家协会第一批会员。我以为我早就是中国作家协会的会员了，等我找到了四川省作家协会的时候，那里办证的人员早就变更几次了，最后找到了洪钟，洪钟说他记不清楚了，"那个时候刚好是你被抓出来的时候，会不会上报之时把你的名字勾去了呢？"我这才写信给中国作家协会查询，中国作协创联部正式书面回答：中国作家协会会员名单上没有木斧的名字。这件事使我十分气愤，申言一定要把这个问题查清楚，结果惊动了在北京工作的沙汀同志，他要他的秘书张大明告诉我：你是中国作家协会的会员怎么样，你不是中国作家协会的会员又怎么样，你写你的东西嘛！沙汀同志一句话提醒了我，是不是会员不值得计较，关键是创作，创作不能停步，迈开步写下去吧！当时，沙汀同志说这句话的同时已经介绍我参加中国作协了，我顺利地填了表，领到了会员证。时间是1983年7月。

重新跨出第一步

1979年，我在诗歌创作的激流中苏醒了。

我一定要从创作的道路上站起来！这是我的信念。我给自己制定了一个规划：用三年时间，用投稿的方式，攻下三个刊物——《诗刊》《人民文学》《上海文学》。攻下来了，继续写诗，攻不下来，到此止步。结果，不到三年，都攻下来了。

向《诗刊》投稿，认识了李小雨；向《人民文学》投稿，认识了周明；向《上海文学》投稿，认识了肖岗。他们都是我重新起步中的老师。以后坚持不断投稿，我的老师愈来愈多了。没有这些老师无私的扶持，我是难以站起来的。

《人民文学》1982年第7期，发表了我写的《春蛾》。我不是“春蚕到死丝方尽”，我是冲破一切阻力冲出来了。我用春蛾的形象，描绘了我复苏的情景。这就是宣布：我是个“归来派”诗人，我，归来了。

在诗的道路上跋涉

1983年，四川人民出版社出版了我的诗集《醉心的微笑》，邹荻帆在序言中说：“你的诗是朴素的，这是你的艺术的一个特色。”

1987年，福建海峡文艺出版社出版了我的诗集《缀满鲜花的诗篇》，牛汉在序言中说：“木斧的风格，率真、质朴、干脆利落。”

2010年，天马出版有限公司出版了我的诗集《点燃艾青的火把》，孙玉石在序言中说我的诗“自始至终葆有的一个

1985年元旦，北京邹荻帆家。前排右起：绿原、赵蔚青、邹荻帆、冯白鲁、曾卓；后排右起：史放、李嘉陵、杜谷、牛汉、杜子才、木斧

特色，是真率，朴实，热情，凝练”。

我就是这么在诗的道路上一步一步地跋涉。

我很少参加诗会，去了也不发言。参加过一次作家代表会，会没有开完我就走了。1992年11月，《木斧诗选》获第三届全国少数民族文学优秀奖，我去北京领奖，参加了几次座谈会均未发言。2010年去青海领取“中国当代杰出民族诗人诗歌奖”，指名要我发言我也发不出来，唱了一句京戏代替了我的发言。

我出版最多的是诗集，一共是十四本。后来，成为有系统的诗，有两种：

一种是戏诗。因为我离休之后，闲暇的时间多了，爱上了京戏。从戏迷到票友，到丑角到名票，演的戏多了，便融会贯通到诗里去了。这种戏诗，不仅要有浓厚的诗味，还要有浓厚的戏味。诗和戏的爱好者是不相通的，诗和戏的融会是很难的。诗人写戏的，有，但不多，我写的诗多，可以出一本戏诗集，我没有出，只分散地收入在一些诗集中。

另一种是书信诗。赠诗，古已有之。我写的不是赠诗，是书信诗，或者叫诗人的画像，或者按照王珂教授的说法，“木斧是中国新诗史上写‘书信诗’，特别是以诗为诗人画像最多的诗人”。我一生十分看重诗的真实性，和其他诗不同的是，它深入到诗人的隐私而且把它人格化了。作为一种系列诗，我一共出了三本，最后一本《给200位诗人的画像》，2016年6月出版，9月在成都格调书店举行了“木斧从事文学创作七十周年座谈会”，也是这本书的出版发行座谈会。这并不是宣布我的诗歌创作的结束，而是说明我的诗路跋涉还在继续进行。

长话短叙

除了写诗之外，我还写过什么呢？写过散文，小说，寓言，评论，杂文，报告文学，剧本……要我一一说起来，话就长了。长话短叙：我除了写诗之外，还写短文。

诗，我最长的一首抒情诗，就是《献给五月的歌》。此外，我写的抒情诗，都是短诗，也写过几首叙事诗，也不长。我曾经尝试写过长诗，写出来连我自己都通不过，还没有写完我就把它否定了。新诗只有一百年的历史，比起两千多年的古典诗词，还很年轻，还不成熟，还没有找到自身的格式。我写新诗，一直都在探索之中。

我也写小说，写的都是短篇小说，我写小说主要是通过细节刻画人物，实际上是人物速写，细节出来了，人物就活了，不在乎文字的长短。解放前我写的小说很短，名曰“电筒小说”，好比按手电筒，一闪就完了，相当于现在流行的小小说。

其他体裁的文字，一言以蔽之，都是短文。我真的出版过一本《木斧短文选》，内收短文九十三篇，其中最短的，只有一百余字。可以说，短诗短文，就是我的文风，就是我的风格。

都以为我是诗人，只有王朝闻大师，称我为“诗人和戏剧家”，他看中我的京戏舞台艺术，还有一位我的同族兄弟谭宗远，写了一篇文章《木斧也写小说》，他看中了我的小说和杂文。其他的作品，都被诗人二字掩盖了。

我真的还出过一本系列长篇小说《十个女人的命运》。我出生于回族家庭，我有强烈的民族愿望要把我的祖先南迁后的故事写出来，从清朝同治年间写到20世纪80年代需要写多少文字呢？起码需要一百万字吧？我的手太短，我望尘莫及。怎么办？仍然由人物入手，写什么人物？历史上，女人是弱者，女人的地位最低，受苦最深，写各个时期的女人，就能反映历史的进程。于是我写了各个时期回族女人的命运。这十个女人的故事，可以独立成章，十个女人之间互有联系，合起来便是系列的长篇小说。

1993年人民文学出版社出版了我写的系列长篇小说《十个女人的命运》，共计126，000字，和其他长篇小说比起来，是微不足道的，是最短的长篇小说。出版前，我用了八年时间，断断续续写出后，用短篇小说的名义发表。《孤独》一章，曾获四川省首届少数民族优秀作品奖；《泄露》一章，同年收入了人民文学出版社“1990年短篇小说选”。

想不到二十年后，2016年宁夏人民出版社作为回族当代文学典藏丛书出版了《十个女人的命运》，并且正在着手翻译成阿拉伯文在更多的地域发行。

多余的话

写到这里，我写的传略应该结束了。

最后我还想说一说，有两位诗友给我留下的话。

2002年9月，我在我的诗集《车到低谷》中说："也许这是我的最后的一本诗集了。"受到了绿原的批评："这句话似以不说或晚说为好，你肯定还能写下去。"这句话肯定是我说错了。这本书之后，我又出了一些书，现在还在出书。现在是不是该说这句话了呢？不！现在还不能说，永远都不能说。尽管我已经封笔，提笔写作已经很困难了，作为我的生命，我不能宣布它的终止，我的前面，还有所憧憬，直到我的生命结束了，我的文学生涯就会自自然然地结束了。

2012年，杜谷写了一首《顺口溜》给我，补上了他对我的歉意。这时他才开始编一本《杜谷诗文选》，已经力不从心了，等到出版时，他已经走到终点了。所以当时他嘱咐我："有什么重要的事情，要抓紧在九十岁以前做完，九十岁以后，想做什么也做不成了。"所以我现在是提前走了一步，把我的传略完成了。

最后我还想调侃几句，我的文学生涯，从写小说开始，写到后来，又回到小说上去了。

回顾我的一生，我的头上没有桂冠，我的身上没有负担，这是我在创作上没有太多的干扰一直可以保持旺盛的创作势头的根本原因。

难忘的会见

——《路和碑》出版六十七周年纪念

我们四个人，陆原、陈新、王宇治和我，今天在六十七周年之后第一次传奇性的会见，是由于蜜蜂社这根长线把我们拴在一起了。一本《路和碑》的重现，劈开了我们记忆的长河。

按《中国新诗大辞典》的介绍，“蜜蜂社”是中国20世纪40年代后期的一个社团（流派），这个民间社团不是任何人可以指定的，而是自然形成的。大约是在1947年，木斧与陈瘦民相识后，在陈瘦民所在的《建设日报》上开辟了一些文艺专栏，如陈瘦民编辑的《星期文艺》，木斧和王大奇编辑的诗刊《指向》，扶持和团结的作者愈来愈多了，后来才决定共同主办一个期刊，《路和碑》就是编辑出版的第1期期刊，只办了这一期，以后没有再办了。“蜜蜂社”成员都分配了新的工作或者参加了工作，各分西东，没有再聚会，直到1982年后又开始了聚会，因为和“平原社”部分成员、“诗焦点”部分成员相聚在茶馆里讨论诗作，统一改名为“星期二茶聚会”了。此外，1988年《巴山文学》第2期，在

“过去的风景”专栏中，介绍了“蜜蜂社诗人九家”，从此再也没有用过“蜜蜂社”这个过时的名义了。“星期二茶聚会”因陆续逝世的人较多，到了2010年，也宣告到此终止。

《路和碑》是1949年9月由钟子舫、钟灵等人编辑出版的，当时我已转移下乡，不了解情况，听说当时为了编辑出版这一期刊，便将这些作者取了一个共同的名字叫“蜜蜂社”，后来被大家认同了。为了避开特务的追踪，规定所有作者一律不用本名或固定的笔名，一律用没有用过的化名署名。由于印刷纸质太差，印数太少，只印了五百册，那个时候都不注重保存，等到想起这份期刊来的时候，到哪里找也找不见了。到了快要绝望的时候，我在《晚霞》杂志2012年第9期发表了《寻找〈路和碑〉》的呼吁，两年内没有回应，我以为这已经是海底捞针的事，没有希望了，没有想到居然在人海中捞到了《路和碑》。《晚霞》杂志2014年第21期上，发表了李存光《世间犹存〈路和碑〉》，使《路和碑》在六十六年之后重现了，昔日的蜜蜂又飞回到我们的眼前。

《路和碑》重新出现的今天，蜜蜂社许多成员都走了，见马克思去了，经过走访和查询资料，活着的人，除去一个已经失智的伙伴之外，一共还有四个人：王宇治，笔名王野，在《路和碑》上发表了他用矛茅为名的小诗《路和碑》，后来就用这首诗代替了刊名；陆原在《路和碑》上发表了他用白丹为名的评论《读〈战争与和平〉》，封面上“路和碑”三个字是他的题签；陈新在《路和碑》上发表了他用曾心署名的新诗《打开了第一次窗》；我在《路和碑》上用牧羊和穆新文为名发表了新诗《消息》和评论《纪念鲁迅》。有幸我们还能活到今天，还能为“蜜蜂社”留下这么一点史实。当然我们也是要走的，我们走了，但愿《路和碑》还能永存人间。今天我们还来得及举行一次聚会，这是一次难得的聚会，也是一次难忘的聚会，我祝大家快乐一生，终生幸福。

2015年1月12日于成都青羊宫

序《学生报人永远年青》

提起《学生报》这个20世纪40年代后期在中国国统区的党的小报，不由人心潮起伏，话语纷纭。

《学生报》是1945年10月创刊，1948年终刊的党的小报，当年战斗在这个小报中的同志全部都是热血沸腾的青年，他们是在白色恐怖下“提着人头闹革命”的革命的一代，他们是无私无惧向着光明向着理想前进的年青的一代。1983年6月，我在《文学报》发表了一首书信体诗《重逢——给葛珍》，描绘了当年学生报人活动的状态：

蜷缩在阴暗和潮湿的小屋编辑党的小报
我荒废了学业
你贡献了青春

穿过刺刀的丛林去播送真理的声音

是的，那个时候，我们编辑部办公的地方是极其简陋的，我们的工作是不计报酬的，我们的负担是多样的，一会儿是记者，一会儿是编辑，报纸编出来了，我们又成了报童，到街头巷尾去兜售我们的报纸。

新中国成立后，我们分别走向了不同的岗位，但是我们永远也忘不了我们当年奋斗过的群体。

始料不及的是，1955年，当年的学生报人中出现了许多“胡风分子”，有的被隔离，有的被监禁，直到1957年，有的坚持说真话，坚持党性原则，为胡风冤案鸣不平，被划为了右派分子、极右分子。随着时间的推移，党的三中全会之后，这些问题都逐步解决了，这些同志重新走上了新的岗位，同志们的聚会更加亲密，更加活跃了。近年来，我们每年甚至每月都要聚会一次，互致关心和问候。《学生报》成为我们之间分不开砸不断的钢铁一般的纽带。

学生报人中，有许多青年热爱诗歌，诗，成了我们的心声。曾几何时，《学生报》居然成了“七月派”诗人的摇篮之一，没有想到方然、杜谷、罗洛、罗梅、葛珍、许伽、寒笳、木斧都出自《学生报》；还有许多同志参加《学生报》前后经过了艰苦曲折的历程，这本书刊载了一些资料，更多的尚待学者、史家们的发掘和考证。

从20世纪到21世纪，学生报人从小变大又从大变小，许多同志先先后后地走了，见马克思去了。留在今天的还有八位同志，他们是：苏良沛，李晓耘，杜谷，夏嘉，徐叔通，林祥淑，尹静，木斧，最老的九十四岁，最小的八十四岁，都是高龄耄耋老人了，不久他们也会走的，也要去见马克思的。当年活动在《学生报》的都是青年，现在活跃在我们心中的《学生报》仍然是青年，即使我们走完了，留在人间印象中的《学生报》仍然年青。

最早参加《学生报》编辑工作的徐叔通同志是这本书的编辑，从搜集、整理到打印的工作全部由他一手完成。他的艰苦，他的毅力，他的勇气，使当年的《学生报》得以“重生”。最后，我祝福徐叔通和健在的老人们健康，长寿，永远年青。

2014年12月

《历史不能忘记》前言

这是一个“胡风分子”的传奇故事。

林祥治，这位坚贞的共产党员，在他被戴上“四川省胡风分子总头目”的帽子之后，作为囚犯，在审讯室中，仍然坚持党性原则，不说谎，不媚俗，不人云亦云，慷慨激昂，坦陈了事实真相。他认定自己是一个光荣的共产党员，走的是光明正大的道路。他置生命于不顾，仗义执言，受到了迫害。

党的三中全会后，在党的实事求是的方针指引下，1979年8月14日，林祥治冤案得到了平反：恢复党籍，恢复行政17级。当他收到了通知的时候，他幸福地笑了。他的第一句话，不是问自己，而是问“刘少奇同志平反了吗”？随即精神抖擞地过组织生活去了。不久，1980年3月15日，林祥治患肺心病逝世。

在中国现代文学史中，罗洛和罗梅是两位经常在《呼吸》《学生报》《同学们》等报刊上崭露头角的新人。罗洛原名罗泽甫，罗梅原名林祥治，二罗共同创办了诗刊《同学们》，在胡风、阿陇、方然、绿原等一代诗人的指导下，开创了一个诗歌新天地。罗洛的作品几乎全都保存下来，而青年诗人罗梅（林祥治）中途遭到不幸，作品都没有保存下来，包括为我的油印诗集写的序都荡然无存。收入本书的唯一的文章，是他代表中共地下党和仁寿县国民党当局签署的一份协议，也可以窥见他的共产党员的大气。

本书主编林祥淑是林祥治的亲妹妹，她的后半生一直不辞辛劳，四处奔波，为林祥治辗转呼吁。经过她的策划，2007年12月，她和《同学们》后来还活着的老友和许多革命老同志共同编辑出版了内刊《历史不能忘记》。这本书的印数不多，除了赠送老友之外，许多党史和现代文学研究者、学者、专家先后闻讯赶来，早被一抢而空。历史是不能忘记的，为了满足广大读者的要求，我们才决定正式出版这本文集。

亲爱的读者，请您珍惜这本文集吧！这是我们党在历史岁月中的一份重要遗产，让我们共同携手在党的建设的道路上奋勇前进。

2016年2月写于成都

序《中国当代文学作品选》

/木　斧

当代文学是一个深藏珠贝的港湾。

当代文学比之现代文学，不仅时光在不断地延伸，作家队伍在不停地扩大，文学描写的色彩、手法也日趋纷繁多样。当代文学的成就是毋庸置疑的了。

作为一个历史阶段，现代文学已经完成了它的使命。许多蜚声中外的现代文学名篇如鲁迅的《阿Q正传》、茅盾的《子夜》、巴金的《激流三部曲》、郭沫若的《女神》、艾青的《火把》、曹禺的《雷雨》等等，已为国内外广大读者公认。当然也不排除20世纪20年代、30年代、40年代还有一些作品尚需进行一次再比较，再认识和再发掘。但是文学作品的光泽已经闪现在读者之中了。

当代文学作品似乎还没有达到与上述作品相提并论的层次，不是因为这个领域内没有珠贝，而是当代文学尚未完成这一过程。一些作品虽然已经产生了时代的影响，涌现在河滩之上，仍须人们去进一步鉴别和品尝，还有相当多的作品夹杂在泥沙之中，等待着人们去发现和推荐。可见在这个港湾里拾贝绝不是一件轻而易举的事。

《中国当代文学作品选》的选编者们，阅读了大量当代文学作品，许多作品经过反复掂量，几易篇目，最后勾勒出现在这样子。他们付出了不易为人们察觉到的辛勤的劳动，终于使这本选集从时代性和艺术性中显现出当代文学作品绚丽斑驳的光辉。

上册和下册之间间隔着一条十年浩劫的空白，这条空白是无法填补的。当代文学是人民的文学，是社会主义时期的文学，它的出现是历史的必然。空白并不能切断历史的洪流，“抽刀断水水更流”。经过障碍，经过曲折，它浩浩荡荡地向前奔流了。新时期文学比十七年文学起点更高，浪涛更急，新人更密，作品更加光彩夺目，更加灿烂多姿。

如果说“上册”的作品选目，有许多跨代作家的作品（不一定是作家一生的代表作），那么“下册”作品选目则大多数是在文坛上崭露头角的新人新作。他们的作品已经在社会上引起了强烈的影响，他们已经走向成熟，但是并未达到终点，他们的前面还会有一个又一个高峰，他们的后面还有一批又一批新人正在涌现，正在走向成熟。新时期文学如同大海的波涛一般，正在一浪又一浪地向前发展，反映了社会主义文学正走向空前的繁荣。这对于选编者来说，无疑是一个艰难的课题。这些选目必将接受今后较长时间历史的检验，很难说他们选得是否公正，只能说这些选目是经过冷静的客观的比较选出来的，选稿的态度是严谨的，所选作品基本上反映了我国当代文学的现实。

作为一个读者，我要诚恳地说一声谢谢，你使我从有限的时间内读到了从无限时间中选出来的珍品，我该满足了。

1987年6月5日

（摘自《中国当代文学作品选》（上下册）1987年6月西南财经大学出版社）

遥远的笛声

/木　斧

2016年6月19日，诗人杜谷走了，享年九十六岁。我写了一首小诗，沉痛地为七月派诗人杜谷告别。

那断裂过又复苏过的苇笛响了
你悠悠缓缓地来了又去了

你一路上无忧无虑的笑容
收藏了你那悠缓曲折的一生

你把欢乐和忧伤拧成一根绳
那便是你和我相处七十年的象征

你走了，笛声留在人间
正在诉说一个悠悠缓缓的故事

我现在就来讲一讲这个悠悠缓缓的故事。

悠悠缓缓，是我对杜谷性格总体的写照。

杜谷本名刘令蒙，1920年11月1日出生自南京鼓楼，1937年抗日战争爆发后，随学校流亡到成都。在诗人艾青的影响下，1939年开始写诗。1945年，受中共党组织派遣，创办并参加了《学生报》编辑工作。《学生报》是党的南方局青年组和成都市委领导的报纸，主要是宣传党的方针政策，发动青年学生投身革命事业。杜谷当时是列五中学的教师，参加《学生报》的编辑工作是秘密的，而且是无报酬的，当年四川有许多青年教师和青年学生都冒着生命危险参加了。1948年4月，《学生报》停刊，杜谷去了重庆，不久后《学生报》复刊，改名《学生半月刊》，因为杜谷已经离开成都，才把我这个还是个中学生的通讯员调到编辑部，接替了杜谷的工作。《学生半月刊》一直坚持到1948年9月终刊。

我和杜谷虽然同是《学生报》的先后编辑，当时我们并不认识，是命运把我们焊接在一起了。

1948年10月，我转移到党领导的《文艺与生活》月刊工作，收到了杜谷来稿《春天的拱门》，我立即把它签发了。同期，我的长篇抒情诗《五月的道路和我们的歌》（后来改为《献给五月的歌》）也发表了。这两首诗，都是同一个主题，都是盼望着新中国的诞生，而表现形式又各不相同。《春天的拱门》要表现的是，春天，我们已经为你搭好了拱门；《献给五月的歌》要表现的是，春天，希望你早日到来，你和我将走上一条崭新的道路。诗发表了，可是杜谷在哪里呢？我只好将原件保存好，等到来日面交。谁也没想到，1955年，我们都被打成了“胡风分子”，无法见面了，更没有想到，事隔四十多年，青年都变成了老头儿了，1997年，我们奇迹般地见面了，而且两人又同时分配到同一个单位来了。当我把这份长期保存的剪报送到杜谷手上的时候，我们才是第一次见面，我们分别发表在《文艺与生活》上的两首诗，已经收入了《中国现代经典诗库》十卷本，成为传世之作。后来在《学生报》同人的聚会中，成为一段佳话。

杜谷的一生，无论是在顺境下或是逆境下，他一直都在为党任劳任怨地工作。1955年，胡风案件爆发后，他在北京中国青年出版社工作时，被划为“胡风反革命骨干”，被关押并开除党籍，1956年释放，但是仍然没有恢复党籍，仍然戴着“受胡风思想影响”的帽子，在自己不能发表作品的状态下，仍然无怨无悔地继续编诗，而且编出了《革命烈士诗抄》这样不断再版的半个世纪以来受到千百万读者热爱的图书，后来下放到陕西勉县教书，仍然任劳任怨地工作。他始终对党忠诚，革命乐观主义的精神充溢全身。

1979年，在党的三中全会后，他的所谓胡风问题终于彻底平反，所谓“胡风反革命骨干”“受胡风思想影响”都被推翻，并且恢复了党籍。他精神振奋，写出了《我的苇笛》：“何必悲伤/生命之火烧得更旺/苇管苇管/再奏起壮烈的清响”，杜谷又健步走向了文学的道路。这就是杜谷一生不慌不忙的、有条不紊的、一丝不苟的自画像。

并不是说杜谷没有愤怒，他受了二十四年的委屈，不可能不引起思想感情上的波动。在《我的苇笛》中，他就愤怒地提出：“我的苇笛/是我心爱的伙伴/是谁是谁/竟然把它踩断！”苇笛，就是杜谷的诗，后来怎么停了？后来苇笛怎么又畅通了？他心里是明白的。我们都是党的儿子，我们在母亲面前，是不计较个人得失的，所以平时我对杜谷的印象，总是笑眯眯的，无忧无虑的。杜谷走了，他的苇笛还留在人间，我听见他悠远的笛声更清亮了。

2017年1月写于成都天府新区天府一街

（原载《新文学资料》2017年第3期）

木斧著作一览及评论篇目

木斧著作一览

诗集

《木斧诗选》（1947—1984）宁夏人民出版社　1986年1月版、1992年1月版

《我用那潸潸的笔》（1985—1992）四川民族出版社　1994年4月版

《车到低谷》（1993—2002）中国三峡出版社　2003年1月版

《瞳仁与光线》（2002—2006）四川美术出版社　2006年6月版

《点燃艾青的火把》（2007—2011）天马出版有限公司　2012年4月版

《醉心的微笑》四川人民出版社　1983年11月版

《美的旋律》江苏人民出版社　1984年6月版

《乡思乡情乡恋》四川民族出版社　1994年4月版

《缀满鲜花的诗篇》海峡文艺出版社　1987年1月版

《燃烧的胸襟》玉垒诗丛第3辑

《诗家第五卷　木斧诗品三十五首》天马出版有限公司　2012年10月版
《书信集》银河出版有限公司　1999年11月版
《一百五十个诗人的画像》香港新天出版社　2010年11月版
《给200位诗人的画像》四川文艺出版社　2015年6月版

评论集

《诗的求索》长江文艺出版社　1987年4月版
《文苑絮语》陕西文艺出版社　1991年7月版
《揭开诗的面纱》电子科大出版社　1993年8月版
《诗的桥墩》重庆诗绿社　1998年2月版
《诗路跋涉》四川美术出版社　2008年3月版

小说集

《汪瞎子改行》（中短篇小说选）四川文艺出版社　2000年9月版
《十个女人的命运》（长篇系列小说）人民文学出版社　1993年8月版
《十个女人的命运》（回族典藏丛书）宁夏人民出版社　2016年2月版

童话集

《故国历险记》四川少年儿童出版社　1985年6月版

杂文集

《木斧短文选》四川文艺出版社　2002年6月版

漫画集

《木斧戏装自画集》人民日报出版社　2003年10月版

《百丑图》国际港澳出版社　2003年10月版

合作集

《路和碑》蜜蜂丛刊社　1949年9月版

《伞》（现代情操诗选　木斧选编）四川少年儿童出版社　1986年4月版

《当代抒情短诗千首》人民文学出版社　2008年4月版

评论篇目

《苏菲和他的〈云鸟集〉》（载《民族文学》2017年第5期）

木斧作品评论篇目[①]

（2013—2016）

张子扬　《致木斧》（载《张子扬诗选》中国青年出版社2012年12月版）

王　珂　《要留诗人清白在人间》（载《老年文学》2013年第3期）

马天堂　《记诗人木斧的一段忘年情缘》（在《固原日报》2013年3月13日）

马　忠　《〈百丑图〉把精彩留给世界》（载《诗美探真》中国戏剧出版社2013年6月版）

李恻隐　《时代的歌手　民族的精英》（载《盘锦诗词》2013年9月5、6期）

高　缨　《中秋月　致诗人木斧》（载《盘锦诗词》2013年5、6期）

子　张　《木斧与〈自画像〉》（载台湾《葡萄园诗刊》2014年夏季号）

---

① 《木斧作品评论篇目》（1982-2013）已刊《论木斧》一书。

晓雪、张大明、任志、李一痕、绿原、吕剑、王火、李宾声、石天河　《简评〈木斧戏装自画像〉》（载《名堂》2014年第6期）

聂鑫森　《精短而丰盈的小诗》（载台湾《世界论坛报》2014年6月26日）

子　张　《〈诗路跋涉〉代序》（载《星河》杂志2014年春季卷）

李恻隐　《寂寞——赠诗人木斧》（载台湾《世界论坛报》2014年）

李存光　《世界犹存〈路和碑〉》（载《晚霞》半月刊2014年第21期）

吴至华　《写给木斧》（载《仰望星空》诗集　中央民族大学出版社2014年8月版）

荀　超　《84岁诗人再出诗集》（载《华西都市报》2015年9月19日）

徐　蓉　《木斧新书〈给200位诗人的画像〉面市》（载《晚霞》半月刊2015年第23期）

余启瑜　《用诗歌唱响生命》（载《四川散文》2015年第6期）

边　伟　《老诗人木斧今年出书又演戏》（载《新声诗刊》2015年8月刊）

方　赫　《给木斧》（载《玉垒诗刊》2015年第1期）

麦　芒　《速写木斧》（载《玉垒诗刊》2015年第2期）

牛放、蔓林　《诗笔不老写雄风》（载《四川作家》2016年1月）

李临雅　《这本书　这些人》（载《老年文学》2016年第3期）

黄　静　《流淌的诗意——木斧的诗与人生》（载《成都高新报》2017年8月25日）

后　记

2013年，我和余启瑜老师共同选编了一本《论木斧》，收集了对老诗人木斧的诗歌、小说、散文等的评论近六十篇。那本书出版以后，我们觉得意犹未尽，当时就由于篇幅的原因，还有不少我们认为不错的评论文章没能收入，再后来，又发现木斧老师还保留着多年来很多文朋诗友的来信和别人写给他的“诗信”，阅读那些文字，觉得不只是对他一个人有意义。于是，把这些东西汇集起来，就有了这本《再论木斧》。

二十多年前，当时是为了约稿，每周都要去参加一批老诗人、老作家、老报人、老教师的“星期二茶会”，去听他们谈天说地，谈古论今，谈文学，谈社会……看他们拿出各自的诗文，互相认认真真地传看，互相毫不客气地评说。有时候他们外地的文友来蓉，也在这里会面。无论是当地的和外地的这批老文化人大都走过坎坷的人生之路，拥有丰富的经历和阅历，每个人都是一本书，每个人都像一座山。尽管他们已经不再年轻，皱纹丛生，但他们仍然积极地保持着热情、追求和憧憬，思考没有停息，手中的笔也没有停息。木斧就是这批人中的一个，但他很低调。当时只是陆陆续续地读了一些他的诗，渐渐地了解了他的作品，但很少接触对他的作品的评论，直到选编《论木斧》，才知道他有那么多的作品，对他的作品有那么多的评论，从这些评论中我们更深入地了解了他的作品，也了解了他这位老诗人。

《论木斧》出版以后，受到了关注和好评，《新文学史料》专门发了书讯，好几家刊物和报纸发表了评论文章。

2015年，84岁的木斧又出版了一本二十万字的书信诗选《给200位诗人的画像》，这是他自20世纪80年代以来出版的第十四本诗集，包括其他品种在内的第三十本著作。而且，一如他历来的风格，书未面世之前，谁也不知道他又要出书了。老诗人一直笔耕不辍，保持着旺盛的创作势头，而且他写出来的东西有新鲜感，有他一贯的艺术特色，有活泼泼的生命力，还总能引起人们的关注。《论木斧》刊登的几十篇文章是从1982年到2013年的近两百篇木斧作品评论中选择的，到编辑这本《再论木斧》时，我们又收集到2013—2016年对木斧作品的评论24篇。木斧说，其实很多评论文章的作者他都不认识，也不知道是哪里的。读到那些评论，你会觉得那些作者真的是认真阅读，有感而发，认识深入，有很高的鉴赏和评判水平，再反过来读木斧的作品，会有更深刻的理解，可谓受益匪浅。感谢那些文章的作者们。

和《论木斧》不同的是，除了评论，《再论木斧》的主要篇幅是一些作家、诗人给木斧的诗体书信和一般的信件。翻阅那些诗体书信，看到诗人们用诗歌交流，用诗歌评价木斧和他的诗作，是一件愉快轻松的事情，平常的思绪和话语被他们用诗歌来表达，有赞美，有鼓励，有玩笑，有打趣……风格多样，形式活泼，读着它们，感慨诗人们真的是把生活诗意化了。

更值得关注的是那些信件。在互联网时代，有了电子邮箱、短信、微信、视频……人们无须久等，不用翘盼，立马就可以与四面八方的人遥远地交流，秒秒钟的时刻就可以得到回答，所以，书信作为信息交流的形式，已经很少有人采用了，恰如前几天看到的一句话“在按钮的时代，书信是寂寞的”。随着时代和社会的发展，在不得不面对这种“必然”的时候，也无可避免地会有些许的失落和怅惘，为曾经那么为人们看重、珍惜的事物的无法避免的消亡。

而正因为如此，能够保留下来的书信，就更有其弥足珍贵之处。因为它们是时代的产物，是无法重复的过去时光的记录，那些纸页，那些写信人的笔迹，都堪称文物。具体到木斧保留的这些信件，书者不乏著名的诗人、作家以及相当一部分从20世纪三四十年代就开始创作的老一代诗人，其中也包括我们曾经在“星期二茶会”上见过的人，有的已经去世。这批人大都是和木斧同时代的作家，而且其中有不少有和木斧相似的经历，在相当长的一段时间被迫放下笔，不能写作。而在新时代到来之际，却又都是那么的激情迸发，表现出极高的创作激情，互相鼓励，想要在诗歌的道路上继续有所作为，就像作家高缨老师在给木斧的一封信中所说："我们这一代作家受尽了摧残折磨（您的经历就是一个注解）但终是不屈不悔。""必须恢复30年代之豪气，勇登泰岭，视崎岖小山如平地，长驱直入，直致底谷，这是我的人生之路，也是我的人生目的。"（刘岚山致木斧）于是，他们还有计划，还有远大目标，还想有所作为，却又不得不承受年龄和病痛带来的不便，发出无奈的叹息和遗憾……

翻阅着那些已经发黄和破损的信件，很有些感慨，在这些信中，作家们互通信息，畅谈友谊，切磋写作，谈论时政……因为是私人信件，无须顾忌，有些话，也许他们在别的场合不会说，不能说，不想说，但是在这里，就那么自然而然地流淌了出来，语言和感情都很自然、质朴、真实。读着那些文字，觉得是在读友情、读社会、读历史……

而正是这些内容，恰恰能使读者了解一代文人、作家的大致经历和心路历程，因为写信人的身份，因为他们所谈论的事情和问题，这些经过了岁月沉淀，记录了一批文人的思想、感情、观点以及生活情景的私人信件，就不再只属于"私人"了，可以说是中国当代文学的一个时段（20世纪80年代至今）的别样的记录，是具有史料价值的文献。能够把它们集中起来，奉献给社会，应该是一件很有意义的事情。

编完这本书，再写下这些话，觉得完成了一个任务。

感谢刘福春、郭娟、张大明、子张、韦泱、龚明德等老师为本书的出版给我们的支持和帮助。

李临雅
2017年3月成都

本书选编者余启瑜（左）、李临雅（右）和木斧合影